幻冬舎 MC

# 曽我兄弟より熱を込めて

坂口螢火《けいか》

引用：富士裾野 曾我兄弟　明治四十四年

# 目次

# 目次

# 始まりのこと

芦ノ湖を眼下に望む箱根神社。杉の巨木に囲まれ、そのたたずまいも荘厳なこの神社に、一振りの古い短刀が納められている。

その名は、「赤木づくりの短刀」。

小箱に収められ、非常に小さい――。短刀と言うよりは、ナイフと言った方がふさわしいだろうか。全長、二十六センチしかない。柄の部分は名の通り赤木で作られ、丁寧な彫刻、梅の花をかたどった飾り。刃の部分は短く、ひどくさび付いており、この短刀が経た長い年月を感じさせる。

――この、見るからに素朴で小さな短刀が、「日本三大仇討ち」に数えられる一つの事件で、とどめの一撃を刺した刀だということを、ほとんどの人は知らない……。

建久四年（一一九三）五月二十八日深夜、曽我《そが》事件。

曽我十郎祐成《すけなり》、同じく五郎時宗《ときむね》の若い兄弟が、時の将軍源頼朝《みなもとのよりとも》の陣屋に乱入。寵臣工藤祐経《くどうすけつね》を惨殺し、また多数の武士どもを殺傷。あまつさえ頼朝をも害せんと

して御所に躍り込んだという、まさに鎌倉幕府を震撼させる大事件であった。

場所は富士野。この時、頼朝は鎌倉幕府を開き、それを天下に知らしめるための大がかりな狩りを開いている最中であった。全国の大名小名を招き寄せた、一世一代の大祭典。それを台無しにした曽我事件は、歴史書吾妻鏡《あづまかがみ》に詳しく記載される。

動機は、仇討ちであった。曽我十郎、五郎は十八年前に父を工藤祐経に殺された恨みがあり、そのために無謀を犯したのである。例の赤木づくりの短刀は、弟の五郎時宗が工藤祐経にとどめを刺す時、拳も通れとばかりに喉に突き刺したものだと記録される。

さて――これだけで事件が終わったのなら、曽我事件は無法者が起こした数ある事件の一つとして、簡単に葬り去られたことだろう。しかし、この事件が起こった後、将軍頼朝公のとった態度が、事件を特別なものとした。

「あっぱれな奴よ。男の手本、武士の鑑《かがみ》。二度とこのような者が現れるとは思えない。命を取るのはあまりに惜しい……」

こう兄弟たちを讃嘆し、涙を流して「召し使いたい」と言ったのである。

兄十郎はこの時二十二、弟五郎は二十。結局、兄弟の一人は討ち死に、一人は打ち首となって、若い命を散らせてしまったのだが――頼朝はその死を惜しみ、兄弟を厚く供養させたのである。

……政治のためなら身内でさえ殺し、冷酷で知られた頼朝公。その彼がなぜ、自分の命も危険にさらされたというのに、この罪人どもを惜しんだのか？　一体、曽我兄弟とはいかなる人物であったのか？

平安と、鎌倉と——二つの時代の間《はざま》に生きた、若い無法者たちの物語に、しばし耳を傾けたまえ。

# 河津三郎の死　兄五歳・弟三歳

安元二年(一一七六)十月十日。昼過ぎのことであった。所は伊豆の赤澤山の中腹。一面に生い茂った熊笹をザワザワとかき分けて、必死に道を急ぐ二人の武士があった。身なりは軽装なるも、背に負っているのは、かなりの強弓。顔は緊張に引きつっている。

「小藤太《ことうた》、ここか?」

「おお、ここだ。三郎。この三叉《みつまた》の椎《しい》の木。この木の後ろに隠れれば、こちらからは狙いやすく、向こうからはこちらの姿が見えぬ。このあたりの猟師は、いつもここに身を隠して獣を射るのだ」

「よし、ここならば屈強の足場……。ぬかるなよ、小藤太」

「言うまでもなし。一たび人の頼みを受けながら、やり遂げずにおめおめと帰るわけにいかぬ。こたびこそは!」

早鐘打つ胸を押さえ、弓握りしめたる二人の前にやがて来たのは、紅葉の錦を踏み分け踏み分け、進み行く人馬の一団。狩りの装いも凛々しく、家臣たちに獣を持たせ、賑やかに笑いつつ近づいてくる。

「おお! 来た!」

「あれだッ。射損じまいぞ……。一の矢は大見《おおみ》小藤太!」

「まった二の矢は八幡《やはた》三郎。いでー！」

示し合わせた二人。満月のごとく弓引き絞り、矢叫びの音も鋭く切って放した。

ヒョウッと飛ぶ一本の矢は、狙い過たず馬上の若い武士の胸板を貫いた。若武者はドウッと激しい音と共に落馬。続く二の矢は、その後ろを進む老武士の指をかすめて落ちる。

「チッ！　おいぼれを外した！　まあ、よい。一人は確実に仕留めた。長居は無用ぞ。逃げろ！」

互いに頷くや、二人の武士はすばやく逃げ去ったのだった。

——鎌倉時代に成立した一大英雄伝記、『曽我物語』の第一巻。冒頭から息をもつかせぬ緊迫感は、数多くの古典文学の中でも、群を抜いて見事である。舞台は伊豆半島の奥野《おくの》。全山、血に染めたような紅葉《もみじば》に染まる山奥——そこに息をひそめる、二人の刺客……。

さて、この刺客たちはそも何者であるか？　そして討たれた若武者、老武者はいかなる身分の者であろうか？　物語を少々前に戻して紹介しよう。

この狙われた二人は親子で、老武者の名は伊東祐親《いとうすけちか》、若武者は河津三郎という。この日、伊東祐親は近隣の武士たちを集め、奥野の山奥で狩りを催していたところだった。

狩りといっても、ただの狩りではない。何と、主賓は当時伊豆に流されていた源頼朝《よりとも》。伊東祐親は、平家から頼朝の身柄を預かって養っている、武士の棟梁《とうりょう》であった。……これでピンときた方もおられるだろうが——源氏の棟梁、頼朝を預かったくらいの家柄。この伊東祐親の権力は、そんじょそこらの武士と訳が違う。なにしろ伊豆半島の半分は祐親のものだったというのだから——その勢力たるや推して知るべし。彼と、彼の強大な一族の名は、平家物語や平治物語など、当時の重要な軍記物には必ず登場する。

だから、この日の狩りも

「伊東祐親が狩りを催すとのことだ！　是非とも出席しよう！」

と、周辺の武士たちが来るわ来るわ。そのうち、歴史に名を残した人物だけでも五百人。その従者《ずさ》どもまで合わせると、二千五百を超したそうだ。講談によると、「この狩りのせいで伊豆の山々の獣は全滅した」とあるけれども、まんざら嘘でもなさそうだ。

さて、これほどの権力を持つ伊東祐親であるが……、日の当たるところには影ができるとの習い。この老武者にも当然敵があった。

工藤祐経《くどうすけつね》。

彼こそは伊東祐親と、その子河津三郎の怨敵。そして——この物語の主人公たる曽我兄弟の宿敵となる人物なのである。彼の素性と憎み合いの原因は、またおいおいに説明しよう。

伊東祐親親子を恨む工藤祐経、「あの二人の首を見ないうちは……」と、例の二人の刺客、大見小藤太、八幡三郎に頼み込む。二人は大きく頷いて、

「男子たるもの、一たび頼まれごとを受けたならば、何ゆえ辞退いたしましょうや！　必ずや、伊東の奴ばらを討ち取らん！」

木立に隠れ、狙うこと数日……。そして、二人が放った運命の毒矢――。


かくして、あの惨劇が起こったのであった。落馬した河津三郎は、倒れ伏したまま身動き一つしない。

「三郎！　さ、三郎ッ！」

伊東祐親ほどの権力者、戦場往来の古つわものと聞こえた彼とても一人の親――。無我夢中で我が子に駆け寄り、その頭を膝の上に抱きかかえた。祐親、この時六十を超えている老年。頼もしい嫡男を襲った凶事に、哀れなほど慌てふためく。

……三郎の傷は、かなりの深手であった。伊東に伝わる伝承によれば
「やじり深く腰骨に立ちて抜けず（略）ようやく抜けば、周りの肉も共に取れて、息たちまち絶える」

とても、手のほどこしようがない。老いた父は我が子をかき抱いて、「分かるか、見えるか。わしじゃ！父じゃぞ」と、泣きながら呼びかけるしかなかった。

「父上――父上」

三郎はかすかな息の下で、父の伊東祐親を呼ぶ。

「父上、どこにいらっしゃいます。父上……」

満身朱《あけ》に染《そ》み、息も絶えだえに答える三郎、眼前にある、父の顔すら見分けられない。

「ああ、三郎!」

祐親は狂気のように叫ぶ。

「息子よ、しっかりせい。このわしが、父が分からぬのか! そなたが枕にしているのは、父の膝であるぞ。ああ! なぜ老人のわしが助かり、若いそなたがこんな目に……。わしが代わってやれたら――」

しかし、こうしているうちにも、三郎の息はますます細り、目の光は消えてゆく。

「三郎! しっかりせよ! 敵の姿は見たか。三郎!」

もはや、誰の声かも分からなくなっていた三郎だったが、わずかに言葉を理解したのだろう。かすかな声で父の問いに答える。

「わたくしを射た者は、工藤祐経の手先……。見覚えのある者が二人いました。祐経がわたくしを……。父上――ああ、父上、どこにいらっしゃいますか……。後を頼みます。子供たちを……」

わずかにそう語って、三郎は絶命する。享年、三十一歳。老父は、死せる息子の顔に自らの頬を押し当てて慟哭した。

「三郎、三郎よ! 父を捨てて冥途へ行くのか。わしを置いていくのか! さ、三郎……」

父が泣けば、周りの武士たちも声を揃えて泣く。止めどなく散りゆく山紅葉、梢を渡る風、谷間を流れる水の音さえも、泣いているかと思われる秋の午後だった。

世に、水の流れと人の身ほど、行く末の分からぬものはない……。河津三郎の突然の死が、残された家族に与えた衝撃と混乱は、筆舌に尽くせぬものだった。曽我物語には、その時の様子が哀れに語られる――。

河津三郎の遺骸が、伊藤祐親の館に運ばれたのは、その日の夕方であった。すぐさま河津の館へも知らせが届き、三郎の妻子が狂ったような勢いで駆けつけてきた。

妻は満江《まんこう》、まだ二十六歳。

子は息子が二人で、兄が一萬《いちまん》、弟は箱王《はこおう》。

この二人の兄弟こそ、曽我物語の主人公。後に二十二と二十の歳で、一剣父の仇を屠《ほふ》り、武士の鑑と謳われて名を留むる、曽我十郎祐成《すけなり》と同じく五郎時宗《ときむね》なのだが――まだこの時は、五つと三つの幼児に過ぎない。

変わり果てた三郎の姿を目の当たりにしたとたん、満江は「ああ！」と声を上げて、夫の遺骸の上に身を投げ出して泣き叫んだ。

無理もあるまい。これほどに幼い子供が二人いて、突如夫に死に別れた苦悩は計り知れない。ましてや、彼女はこの時九か月の身重であった。あと一月で三人目の子が生まれると、夫と共に喜び合っていた矢先だったのである。

「三郎殿、三郎殿、なぜ何も言いませぬ。目を開けて下され、起きて下され……」

繰り返し掻き口説き、目も潰れるほど泣き続ける満江の姿は、目も当てられぬ痛ましさ。

「ああ――わたしも一緒に死にたい！　三郎殿、なぜわたしを置いて……」

周囲の人々は
「お嘆きはもっともだが、身体に障る……」

「二人の子供らがいるのだから……」

と、必死になだめようとするが、そんな言葉も、今の彼女には届かない。

絶頂の幸福を打ち砕かれた満江は、悲嘆と、仇への憎悪に目を爛々と燃やし、やがて幼い兄弟たちを左右にかき抱くと、震える声でこう言うのだった。

「一萬よ、箱王よ。よく聞け。この名を決して忘るるな！　父上を殺めたのは、工藤祐経です。祐経こそ、御身たちが仇。昔、周の好王《こうおう》は七つにして親を滅ぼした仇を取ったという。そなたらはもう五つと三つ。よいか、きっと二十歳になる前に祐経が首を取って、わたくしに見せて下されよ。必ず――必ず！」

このように言って聞かせ、そのままワッと泣き崩れた。

未だ三歳の箱王は、何が何だか分からずに、キョトキョトとあたりを見回し、「母様《ははさま》、母様」と、母の裾に取りすがって、むずかるばかり。そのあどけなさが、なおさらに痛ましい。

けれども五歳の一萬は､幼くともさすがは兄――。この少年は曽我物語に｢年ほどにはあやしき(大人びている)｣と書かれる通り、人並み外れて利発な質《たち》だった。泣きもせず、わめきもせず、つぶらな瞳をキッと光らせ、つくづくと父の死骸を見つめると、きっぱりと健気に言い放った。

「母様、ご案じなさるな。いつか大人になれば、わたくしが仇を取って見せます。それをお待ち下され。二所権現《にしょごんげん》、三島大明神、氏神よ、お力を貸したまえ！」

そばでこの言葉を聞いていた祐親は

「おお､よくぞ言った､一萬！」と､悲しみの中にも孫の頼もしさがうれしく､止めどなく頬を濡らした。

「今の言葉、そちの父が聞いたなら、さぞや喜んだことであろう……。ああ、栴檀《せんだん》は双葉より芳《かんば》しく、蛇《じゃ》は寸《すん》にして人を呑む。さすがは武士の子。三郎の忘れ形見よ。早う大人となって、見事に仇を討ち取り、孝子の名を挙げてくれよ……」

曽我物語や伊東の伝承によれば、河津三郎の葬儀が行われたのは、惨劇の日から三日後のことだったという。人々は若い盛りに命を散らした三郎を、なかなか火葬にすることができなかったのである。

彼の墓は「花園山のほとり」に建てられ、記録によれば、総領息子に先立たれた伊東祐親はそのまま出家を果たし、我が子の供養に三十六万本の卒塔婆を、墓の周りに供えたと伝えられる。

亡き人は一筋の煙となって、初冬の空へと消えてゆく。これは一体本当のことなのか……、満江は未だ信じられぬ思いがして、身も世もなく泣きむせぶ。

ふと見れば、横で一萬が鏑矢《かぶらや》と馬の鞭を手にしている。それが、亡き三郎の愛用していた道具類であることに気が付いて、

「一萬……それは捨てなければならないのです。死んだ人の物を、幼い者が持っていてはいけない」

一萬は「父様の物です――」と首を振る。けれど、子供に不吉なものを持たせるわけにはいかない。何とかなだめて取り上げようと思って、

「なりませんよ、一萬、捨てなければ……。お前の父は仏となって、極楽という、それは美しい所にいらっしゃるのです。いつかは我らもそこへ行くのですよ」

「仏とは何です。極楽とはどこにあります？」

いかに利発とはいえ、まだ五歳の幼児。「極楽に父がいる」と聞いて、この世の場所と思って無邪気に喜んだ。

「母様、極楽とはどこです。そこに父様がいらっしゃるなら、連れて行って下さいませ。さあ、行きましょう。箱王、箱王、おいで。父様の所へ行こう」

幼い声の残酷な問いかけに、母は胸が詰まって返事もできない。祖父の祐親が横からそっと一萬の手を引いて、

「あれがそなたの父であるぞ」

と、卒塔婆の立ち並ぶ墓所を指差した。

「ああ、あそこに！」

と、一萬は鹿のような眼を輝かせて、

「箱王、一緒においで。あそこに父様がいらっしゃるのだよ」

言って、弟の手を引いて駆け出していった。

「父様――父様……」

弟と共に、林のごとき卒塔婆の中を、押し分け、押し分け、あちらこちらと歩き回る。

やがて、がっくりと頭を垂れて戻ってきた一萬は、

「おわしませぬ、どこにも……。父様は……」

と言うなり、祖父の膝に顔をうずめて、シクシクと泣き出した。

「オオ、一萬……」

愛しい孫の嘆きに、祐親も涙を禁じ得ない。

「お前らの父は、極楽へ行ってしまったのだ。わしらを置いて、極楽へ行ってしまったのだ
…………」

その細い肩を抱き、楓《かえで》のような手を握りつつ、祐親は嘆いてばかりいられぬと心を奮い立たせる。

「ああ、これではいかん……。この子らを何とかしてやらねば。息子が死んだのは辛いが、それより

なお案じられるのは、残されたこの子らの行く末。祖父のわしが責任もって何とかしなければ……」

と、祐親は必死に考えていた。

……この時の祐親の心中、推し測るに余りある。

というのも、祐親にとって、一萬は特別の孫だった。結婚の早かったこの時代、四十にもなれば孫をいくたりも得るのが普通。けれども祐親は不運なことに、四十になっても五十になっても、孫を授からなかったのだ。

そして、もう六十に手が届く頃になって、ようやく得た初孫こそ、この一萬。当地の伝承によれば、この子の誕生を聞いた祐親は躍り上がって喜び、息子の河津の屋敷にしきりに使いを立てて「早く見せに来い」と催促し、まさに掌中の玉のごとく可愛がっていたという。

その、どんな宝にも勝る孫たちが、わずか五つと三つで父なし子になってしまうとは……。

できれば自分こそ、この子らと母を養ってやりたいが、老境の身ではとてもこの子らが成人するまで面倒を見てやることなどできない。

「安堵せよ！　わしが必ず、お前らの新しい父を探してやるぞ。お前たちが、安心して育っていけるように……」

こうして、伊東祐親は大事な嫁と孫たちが身を寄せる先を探すため、親戚中を当たり回ることになったのだった。

……余談だが、この河津三郎の墓は、稲荷山東林寺（現、伊東市馬場町二丁目）の境内裏手に、昔のままに残っている。曽我兄弟の首塚[注1]もこの隣にあり、今も親子ひっそりと眠っている。

河津三郎の服喪[注2]も八十日が過ぎたある日、伊東祐親は曽我（神奈川県小田原市）に住む縁者、曽我太郎祐信《そがのたろうすけのぶ》を訪れた。この時の様子、講談に伝わっているので抜粋して紹介しよう。

――相模《さがみ》（現、神奈川県）の国、曽我中村の一箇荘《かしょう》の主、曽我太郎は祐親にとっては甥。満江にとっても従兄弟に当たる近い間柄の人物。

この曽我太郎がつい先頃、妻に死に別れた上、二人の子供にも先立たれたという知らせを聞き、祐親は大急ぎで見舞いに訪ねたのである。

「太郎殿、このたびは不幸なことであった。……死に別れた子供らはいくつであられた」

---

（注1）曽我兄弟の首塚……曽我兄弟の墓は日本全国津々浦々おびただしい数存在する（遺髪、遺品等を埋葬した墓もあるが、ほとんどは適当に名前を付けられただけ）。曽我物語によれば「首が埋葬された場所は曽我の花園と呼ばれる場所」であり、伊東に遺骨が埋葬されたかどうかは不明である。

（注2）服喪……人の死後、喪にこもるべき一定の期間。

祐親が尋ねると、

「五つと三つでござった」

曽我太郎は言うなり涙ぐむ。

一方、祐親は聞いて大きく頷いた。――まこと、不思議なこともあるもの。世の中には裏腹なことがあるものだ。一方は妻と子を失い、また一方は夫を失うとは――。これこそ因縁というものであろう。嫁の満江はまだ二十六歳の若い盛り。そして孫たちはいたいけ盛り。どうしても、嫁には夫が、孫たちには父が必要だ――。考えた末、祐親はずいと膝を進めて、

「太郎殿。突然の申し出じゃが、どうか聞いてくれぬか」

と切り出した。

「嫁の満江は夫に先立たれ、五つと三つの子がある。どうであろう、満江を妻にし、二人の子供を養育してはくれまいか」

まるで取って付けたような話。これを聞いた曽我太郎、もとより異存のあろうはずがない。

「ああ、祐親殿！　それは願ってもない話でございます。まるで、亡くなった妻や子供らが、帰ってくるような心地がいたす……。それに、三郎殿の残された家族を助けることができるのなら、手前としても望むところ」

「おお、よく言って下された。しからば満江にも話をいたしてみよう」

こうして、祐親は再婚話を持って急いで満江の元へと戻ったのだったが——河津の館へ行った祐親が見たものは、思いもかけぬ光景だった。

その日はちょうど河津三郎祐泰《すけやす》の百箇日法要であったが、こはいかに！　満江は袈裟、衣を用意し、出家の準備を整えている。短刀片手に、今しも黒髪を切ろうとしているではないか。

「待て！　待たぬか、愚か者が！」

慌てて嫁の手から刀を取り上げた祐親、激しい勢いで叱り飛ばした。

「一体何をしているのだ！　取り乱すでないぞ、満江！」

満江は手を押さえつけられつつ、反論する。

「いえ、いえ、決して取り乱してのことではございませぬ。夫の最期のその時から、尼となって菩提《ぼだい》を弔いたいと……そう覚悟をしておりました！」

「ええ！　短慮なことを……。お前がそんなことでどうするのだ。よく聞け、満江。わしはな、曽我太郎殿と話をつけてきたのだ。お前は太郎殿と再婚し、二人の子供を育てるがよい」

これを聞いた満江、「エ——エッ！」と仰天して叫んだが、祐親は「聞け！」と怒鳴りつける。

「お前は出家して亡き夫の菩提を弔うと言うが、お前が世を捨てたら、子供らはどうなるのだ。あの二人をどこへ捨てるつもりだ。このわしにでも預けるつもりであろうが、わしはもう長くない。しかも仇持ちの身じゃ。わしが明日にでも討たれたら、子供らは身寄りがなくなってしまうのだぞ。母親のお前以外には、誰もあの二人を守ることはできんのだ！　そのことをよく考えてみよ！　よいか。曽我太郎はわしにも血縁、お前にとっても従兄弟。二重の血縁者じゃ。よもや、幼い二人を粗略には扱うまい。わしもそこのところは、よくよく頼み込んでおく。満江よ、よく考えよ。菩提を弔うことは確かに立派じゃ。だがそれ以上に、三郎の愛した子供らを立派に育てることこそ、はるかに三郎の望むことではないのか。お前が子供を捨てることを、三郎が喜ぶと思うか。え、どうだ満江！」

こんこんと、噛んで含めるように説得する。老いた義父の言葉は切実であった。その一言一言が胸に染みた。

夫が死んで、わずか数か月で他の男の元へ嫁ぐのは悔しい。情けない。けれども――長い目で見れば、これが一番いいのだ。しばらく満江は泣き伏していたが、やがて「はい……。分かりました、義父上様」と、再婚を承諾したのだった。

以上が、講談『子のために再婚』のあらまし。

……史実では、満江はこのように素直に承諾したわけではなく、

「悔しい、悔しい……。あの人さえ生きていれば、こんなことには！」

と日々むせび泣き、何度も短刀で髪を切ろうとし、そのたびに召使たちに押さえつけられ、刃物を

すべて取り上げられる。ついには
「河津の女房が出家しないよう見張れ！　すぐにも曽我へやってしまうのだ！」

と、祐親から厳命を受け、ようやく
「こうなったらどうしようもない……。世の中には、子供のために仇と再婚せねばならぬ女もいる。それに比べればましかもしれない」

と考えて我を折ったという。

こうして、ひとえに子供への情から再婚を決めた満江であったが――この子供らもまた二人して、母より先に若い命を散らせたことを思えば、何とも酷いことである。

なお、三人目の子供は無事に産まれたが、ろくに目も開かぬうちに親戚の手に引き取られた。この子は御房丸《ごぼうまる》と名付けられ、わずか十七歳にして二人の兄の跡を追って自害したことを付け加えておく。

時、まさに平安から鎌倉へ――武家社会が成立していく怒涛の歴史の中にあって、二度、三度と再婚させられる女性たち、また子に先立たれて生きる望みを失った女性たちも多かった。曽我物語は若き兄弟の英雄物語であるが、その端々には、男たちの陰で泣く女性たちの姿が垣間見えるのである。

満江と兄弟が河津の館を出、曽我へ向かったのは安元三年（一一七七）二月のことであった。旧暦の二月であるから、現代では春の盛り。伊豆半島の春はことのほか美しく、花は咲き蝶は舞い、川の音すら楽し気に響く。……けれども、これが故郷の見納めかと思えば、母子の目には何もかもが切ない。

途中、母子は亡き河津三郎の墓に寄った。満江は真新しい墓石にすがり付き、

「あなた――河津殿」

と、最後の別れを告げた。別の男に嫁ぐ上は、いつか自分が死んでも、同じ墓には入れない。

「わたくしはあなた様とお別れしたくありませぬ。別の人に嫁ぎたくはないけれど、御父上（祐親）のご命令に逆らえず、曽我へ行くのです。でもわたくしは、どこにいようとも、あなた様の菩提をお弔いしております。あなた様を生涯忘れませぬ」

横に立つ一萬が、「母様　母様、お嘆き下さるな」と嘆く母を慰める。そして彼は、自らも墓前に手を合わせ、こう祈ったと伝えられる。

「父上、これより母上のお供をいたし、曽我へ参りまする。仇の工藤祐経を討つまでは、どうぞ一萬と箱王をお守り下さい！」

……伊東に伝わる伝承には、「一萬は父の最期を面《ま》の当たりに見つれば、其怨《そのうら》み骨身にこたえて、寝ても覚めても忘れ兼《か》ぬれど」とある。

血にまみれて息絶えた父、母の嘆き、もらわれていった末弟、そして追われるように後にする故郷――わずか数か月のうちに立て続けに起こり、人生を激変させたこれらの出来事は、わずか五歳の少

年の身にも、骨の髄まで突き刺さって、癒えることのない大きな傷を残したのかもしれない。

一萬と箱王は、最後に一度振り返って、伊東の地を見ただろうか？

兄弟はその後、二度と懐かしい故郷の土を踏むことはない。仇の工藤祐経が、いつか兄弟のものとなるはずだった伊東の土地を、すべて我がものとしてしまったからである。

ただ、その死の数日前――仇討ちに向かう道中、海岸沿いの道で兄が指を差し、

「弟よ、あれを見よ。はるかにかすむ、あれが伊豆半島。父上の土地、我らの故郷だ」

と、はるかな海岸線に、その陸影を望んだばかりである。

## 曽我兄弟、継父の元で育つ　兄九歳・弟七歳

一萬《いちまん》と箱王《はこおう》が母と共に曽我へ旅立った、その直後の出来事である。兄弟の生まれ故郷、伊豆で、日本全土を巻き込む、とんでもない大事件が起こった。

源頼朝《よりとも》の挙兵。源平合戦の幕開けである。

東国はもともと源氏の勢力下。関東八か国の者、ことごとく頼朝の家人にならぬ者はなく、潮のごとき勢いで平家を討たんと軍を進める。山木を討ち、隅田川まで打って出、そこから東海道を上って西へ、西へ……。すでに関東一帯は源氏の白旗がなびかぬ場所はなく、十万余騎と言われる大軍勢。

が――ここに一人だけ、関東の武士でありながら、頼朝に反旗を翻した男がいる。他ならぬ、曽我兄弟の祖父、伊東祐親《すけちか》である。

「我、平家の重恩を受けること二十年。源氏の勢い日々に強大となるも、臣下たる者、いかでか主人に弓を引けようか！」

祐親はあくまで平家に義理を立て、平家の軍勢が富士川へ下向したことを聞いて、海路、三島へ急行。そこで壮絶な戦いを繰り広げるも、衆寡《しゅうか》敵せず――武運拙く、縄でからめとられてしまう。

頼朝の喜びはこの上ない。……というのも、頼朝は旗揚げするにあたって、他の誰よりも、坂東《ばんどう》随

と名高い伊東祐親こそを後ろ盾にしたいと望んでいたのだ。それが当てが外れて敵となったのだから——その怒りは収まらない。

「いかに祐親。平家に従って源氏に敵せんとした、その罪は軽くはないぞ……。今日、このような有様となったのは、天が貴様に罰を下したゆえだ」

が、祐親は少しも命を惜しみはしなかった。昂然と頭を上げ、ゆうゆうと余裕さえ見せて、

「わしは平家に山のごとき恩を受けた身。武士たる者、仕える家に尽くしてこそ誠の忠功。何の恥じることはないわ。さっさと首を取るがよかろう」

と、さらに屈する色もなかった。

この老武士を惜しんで、多くの坂東武者が「命だけは」と助命嘆願したが、誇り高い祐親は「恥を忘れて、人前に出ることなどできぬわ」と、進んで打ち首となったのだった(自害だったとも言われる)。

またこの時、祐親の次男、祐清《すけきよ》も捕らえられ、幽閉の身の上となっていたが、彼は以前頼朝の命を救ったことがあったために、「特赦とする。頼朝に仕えよ」と命ぜられた。だが祐清もまた、首を振ってこれを断る。

「祐清は平家の恩を受ける身。男子一たび決しては、たとえいかなる恩賞をたまわるとも、志を変じることなど思いもよらぬ。もし一命を助けられたならば、祐清はすぐにも平家にはせ参じ、佐殿《すけどの》（頼朝）に弓を引くだろう」

頼朝はさすがに恩人を打ち首にすることはできず、祐清を釈放したが、彼は直ちに平家の元へ戻り、そのまま壮絶な討ち死にを果たしたという。

かくて、頼朝は日の上る勢いで勢力を伸ばし、西海に平家を滅ぼし、鎌倉に幕府を築いて源氏栄華三代の基《もとい》を開いた。一方、伊東の家は祐親、祐清を失い、完全に滅び去ってしまったのである。

それにしても——祐親といい、祐清といい、忠功を重んじ、武士の意地を命がけで貫く、鉄のごとき勇士たちである。先見の明がなかったわけでも、時代に取り残されたわけでもない。滅びることを承知の上の、武士の矜持《きょうじ》。この十数年後、仇討ちをはたして日本全土に名を轟《とどろ》かせた曽我兄弟たちは、祖父祐親から伝わる、この家風を受け継いでいたに違いない。

さて、平家に与したために、在りし日の勢いをまったく失ってしまった伊東一門。ここに哀れを極めたのは、曽我の幼い兄弟であった。

曽我（現、神奈川県小田原市）の地には、曽我家にもらわれていった兄弟の哀れな逸話が多く残されており、我々はその中に、兄弟の生い立ちを垣間見ることができる。

——祐親が生きていた頃は、「わたしは妻と子供二人を失った身。河津の女房、その子供らを預かって大切にしましょう」と言っていた曽我太郎。しかし、祐親が打ち首となり、伊東が完全に滅びるに当たって、つくづくと考える。

「祐親に頼まれて引き取った兄弟だが……。この子らを家に置いておけば、いつ将軍の怒りを買うか分からぬ……」

頼朝という人物は偉くもあったが、反面、非常に疑り深いことで有名。滅ぼした平家などは、子供でも打ち首、生き埋め。果ては腹の中の胎児まで探し出して殺したというのだから、恐ろしいもの。――もし平家に味方した祐親の孫をかくまっていると知られたら、どんな恐ろしい罰を受けるか……考えるだけで身の毛もよだつ思い。しかし、だからといって妻の連れ子を簡単に追い出すわけにもいかない。

散々悩んだ挙句、

「屋敷の中に、別棟の座敷を作るによって、兄弟はそこに住居せよ。寝食も家族とは別にする」

こうして、二人は家族からは遠ざけられて、別の建物に追いやられ、母にすら自由に会えない身の上となってしまったのだ。

――来る日も来る日も、兄と弟、ただ二人きり。心細さと寂しさは限りもない。肩身を狭くして、ひっそりと暮らす日々。

その上、兄弟にとって悪いことに、唯一の味方であったはずの母でさえ、曽我太郎との間に次々子が産まれたことから、その世話に追われて徐々に遠い存在となってしまった。今となっては滅多に会う機会もなく、しまいには召使ですら兄弟を侮って、厄介者扱いする始末。

しかし――いかに幼くとも、兄は兄である。この時、一萬はまだ八歳であったが、自分より小さい弟をかばい、父や母の分まで見てやらねばと、まめまめしく世話をした。もともと一萬は弟を溺愛していたようだが、孤独な境涯の中で己より幼き者はなおさらに愛しく、半分しか血の繋がらない弟妹たちの存在を見ては

「自分のまことの弟は、箱王しかいない」

と思うようになった。

――その後の曽我十郎祐成《すけなり》。幼名を一萬。色白く、細身な体つき。優美な顔立ちの少年であったという。

不幸な子ほど知恵が勝ると言うが、一萬少年は父の最期をはっきりと記憶しており、この年齢にしてすでに、仇の工藤祐経《すけつね》のことや、母が自分たちのために再婚したこと、自分たちは連れ子であるために家族から隔てられていることなどを理解していた。

別に誰に教えられたわけでもない。生来利発な彼は、大人たちの噂話や、自分の記憶などを繋げて、徐々に知っていったのである。

「箱王に、いつ教えるべきか……」

日夜、一萬はそのことを考えては苦しむようになる。

曽我に移り住んだ時、まだ三つだった箱王は、実の父の記憶はまったくなかった。自分たちが連れ子であることすら知らず、曽我太郎を実父だと単純に信じ込んでいたのである。

それが、実の父は殺され、自分たちは厄介者の身の上だと知ったなら、どれほど悲しみ嘆くことか……。

「箱王には、まだとても言えない……。本当のことを知れば、どれほど嘆くだろう。いずれは知ることだけれど、せめて、もう少し大きくなるまでは……」

弟が可愛い彼はこう考えて、いつまでも事実を言えずにいた。

ところが、その年――治承三年（一一七九）の春。最も残酷な形で、彼らの身の上が暴露されてしまうことになる。

曽我の館のすぐ近くに、平《たいら》という家があって、その家にも大勢の子供たちがいた。折しもこの日、一萬と箱王はこの家を訪れたのだったが――箱王は近所でも有名な腕白小僧で、ひっきりなしに周辺の子供たちと喧嘩をしていたために、喧嘩で負かされた平の子供らは、箱王を恨んでいた。そこでこの時、日頃の腹いせとばかりに
「やいやい、曽我のもらわれ子め。連れ子のくせに」

と口汚く罵ったのである。

当然、箱王は反論する。

「何だと！　でたらめを……」

「ハハ……。お前と一萬は継子《ままこ》じゃないか。この父なし子！」

なおも悪口雑言を止めない子供らに腹を立て、箱王は兄の顔を振り仰いだ。

「兄様《あにさま》、あいつらが、あんなひどいでたらめを言うのに――このまま引き下がっていいのか！」

箱王は生来きかぬ気の少年だった。その姿、骨太く溌溂とした顔つき。常に赤い顔が、すぐ頭に血が上る性格を表す。この時もまた、激しい勢いで兄の袖を引っつかんだ。

ところがどうしたことか――兄は青ざめた顔をして、凍り付いたように動かない。

それも道理、一萬は弟の問いに、とても答えることができなかったのだ。

――こんな形で、残酷な事実を知られたくなかった。せめて、もうしばらくは隠しておきたかったのに、この上は説明せねばならないだろうけれど、しかし、こんな場所ではとても言えない……。

それと知らぬ弟は、兄の様子にますますうろたえる。

「なぜ黙っている兄様……。なぜ答えない……」

哀れな兄弟に、平の家人の一人が追い打ちをかけて言う。

「可哀想に、知らぬのか。あんたがた兄弟二人は曽我殿の子ではない。真の父御は河津三郎という伊豆の人だったが、狩りの最中に殺されたのだ。それで、母御はあんたがた二人を連れて曽我へ嫁いできた。さればこそ、皆、あんたがたを連れ子だ、継子だと言っているのだ。知らなかったのは、箱王殿、あんただけだ。誰もが皆知ってることだ」

——これを聞いた時の箱王の衝撃と動揺は、とても筆に尽くせない。人一倍腕白な質の少年が、わなわなと震えて兄に取りすがった。弟の取り乱す様子を見て、兄もまた切なさに胸が張り裂ける思い。平の子供たちばかりか、家人たちまでが囃《はや》し立て嘲笑う中を、一萬は弟を抱えるようにして立ち去り、家に駆け戻っていったのだった。

……座敷に入ると、箱王は

「兄様！」

と、兄に食ってかかるようにして叫んだ。

「あれはどういうことです。兄様は知っているのでしょう。平の家人共が言っていたのは本当のことなのですか！」

一萬も、今は覚悟を決めて説明する。

「それは——それは本当のことだ……。箱王、心して聞け」

表情も暗く父の死のことを語れば、箱王はみるみる青ざめ、しまいには床に突っ伏してむせび泣いた。——なぜ、自分たち二人だけが母と暮らせないのか。なぜ自分たちだけが、家人にすら侮られるのか。幼心に疑問に思っていたこと……それは、耳を疑う事実が原因であった。

やがて、一萬は辛い過去を話し終えた。

「箱王、お前はこれまで何も存じていなかったが——とにかく本当の父上がいないことは辛いことだ……」

「ああ——兄様よ。曽我の家で、わたしと兄様は連れ子の身の上だったのか」

うちしおれて、わっと声を上げて泣き崩れる弟を、兄はひしと抱いて慰める。

「箱王、お前が泣くのも無理はない。悲しいのはこの兄も同じことだ。父上のないことを思えば、わたしでさえ泣きたくなる。ましてや、お前はわたしよりも小さいものを……。箱王よ、無理とは思わぬ……」

……一説によれば、この後、箱王は母の元へ走っていって
「母上、わたしと兄様の父上は、ずっと以前に殺されてしまったというのは本当ですか。わたしたちは、曽我殿の本当の子ではないのですね？」

と、問い詰めたとされる。

あまりに唐突な苦しい問い。堅く閉ざせし秘密は、何人《なんぴと》によって暴かれしか。母満江《まんこう》はひしと胸にこたえて、にわかには答えることもできない。

「何を言うのです！　曽我殿が真の父上ですよ。そんな根も葉もないことを……」

と、誤魔化そうとしたが、箱王は小さい頭をしきりに振って、聞く耳持たない。

「わたしと兄様の父上は、河津三郎とおっしゃるのでしょう！　曽我殿は養いの親だと聞きました！」

――母は「そんなことを言うと、曽我殿に恨まれるから……」と必死になだめようとしたけれども、兄に育てられたこの少年にとっては、母よりも兄の言葉の方が重い。

「いいえ！　父上は死んでしまったのです！　兄様がおっしゃいました。工藤祐経が父上を殺したと！」

「おお――箱王！」

母は思わず顔を覆って突っ伏した。

その日は何とか箱王をなだめ、一萬にも「くれぐれも曽我殿をまことの父と思って大人しくしなさい。でないと憎まれるから」と言い聞かせたけれども――。まだまだ幼いと思っていた箱王でさえ、本当のことを知ってしまった……。この事実は、彼女の心を否応なしに追い詰めた。

「平の童《わらべ》たちすら知っていたとは。このままでは、この子らはこの先どれほどいじめられることだろう。いいえ！　それよりも、里で噂になり、河津の子供らをかくまっていることが知れ渡ったら、謀反人の末として、きっと殺される。ああ、どうしよう……」

こうして、思い余った母は人の口を怖れ、「以後、決して屋敷の外へ出るな」と、二人に固くいましめ、兄弟を曽我の屋敷から一歩も外へ出さないようにしてしまった。

かくて、さらに不自由な身の上となる曽我兄弟。彼らは「生涯、ただの一度も兄弟喧嘩をしたことがない」とまで言われ、深い兄弟愛で名を知られることになるのだけれど——この幼少期の孤独で不自由な境遇が、二人の魂をかくも強力に結びつけたのかもしれない。

さて、母は二人を閉じ込めることで、「謀反人の孫が曽我に隠れ住んでいる」と、噂になることを防ぎ、かつまた、二人が近隣の人々にいじめ回されることから守ろうとしたのだったが……、しょせんそんな小手先の方法で、世間の荒波から兄弟を救うことなど、できるはずもなかった。

日陰者で厄介者の二人は、この後事あるごとに嘲笑と差別の対象となり、曽我家の下僕からさえも小突き回され、いじめ抜かれることになる。

彼らの受けた心の傷は、余人には計り知れぬ深いものであったに違いない。屋敷の外ではよその子供らが、その父から馬や武具を与えられ、思うさま走り回っているというのに——。ひきかえ自分たちは、家の外へ出ることすらままならない。

「まことの父上さえ生きておられたら、こんな目には……。これも皆、仇のために！」

悔し泣きして憤《いきどお》る弟に、ある日一萬は「せめて神様に頼ろう」と励ました。

「秦野の柳川に、不動明王様のお堂がある。不動様にお願いしよう」

願文を書き、二人でこっそり館を抜け出して不動堂へ走っていった。その願文の中身は、現代語訳

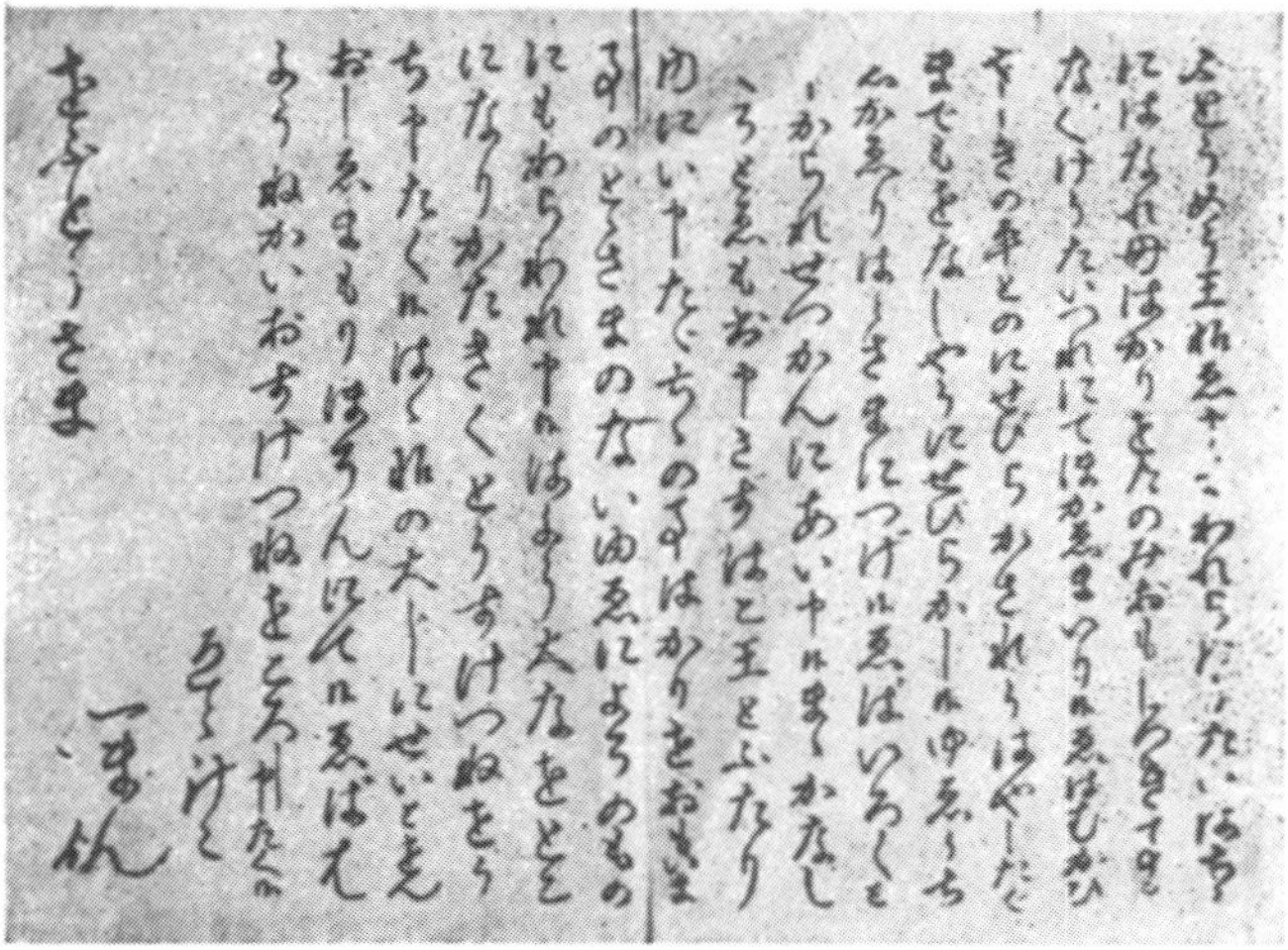

にして以下の通りである。

「ふどう明王さま。われら兄弟は父を亡くし、母ばかりを頼み、楽しみもなく、他の家へ参りました。向かいの屋敷の平殿にいじめられ、乳母や下々の者にまでいじめられるのは辛いことです。家に帰り母様に言えば、いろいろと叱られ、せっかんにあいます。ただ悲しく外へも出ず、箱王と二人家にいて、ひたすら父のことばかり思い、まことの父のないゆえによそ者に笑われるゆえ、早く大人になって仇祐経を討ち申したく思います。

一まん　ふどうさま」

つたない文面の中にも、いかに兄弟が深い悲しみを味わったかがしのばれる。ここ曽我の地で、幼い二人が受けた不条理な差別と冷遇は、二人の心に激しい復讐心を駆り立てたのだった。

——曽我兄弟がいつから仇討ちを考えていたのか？　この願文を信ずるならば、少なくとも一萬が八歳、箱王が六歳の時には「祐経を討つ」と決意していたことになる。

おそらく、箱王が真の父の死を知った悲嘆の中で、

「いつか二人で、父上の仇を取ろう」

と、二人肩寄せ合って誓ったのだろう。

……余談だが、この願文、現在も残されている。長く不動堂に眠っていた願文は、その後村役場で保存され、現在は曽我の菩提寺である城前寺《じょうぜんじ》の寺宝となっている。

寂しい明け暮れの中にも月日は経ち、早くも一萬は九つ、箱王は七つの年を迎えた。折しも九月の十三夜。美しい名月が冴え渡っていた。例のごとく、座敷の中には兄弟が二人きり。面倒見のいい一萬が、自分の学問をするかたわら、弟の手を取って字を教えてやっていた。

一萬は人一倍学問に熱心な性格だったので、近くの寺で本を教えてもらっている。箱王は学問より相撲やチャンバラが好きだが、兄と一緒ならちゃんと肩を並べて寺へ通う。夕方、字のおさらいをする時も、一萬は根気よく弟に教えてやるし、箱王も兄の教えることなら「はい、兄様」と素直に聞く。互いに片時も側を離れない。

やがて手習いを終えた兄弟は、月が明るいのを見て、庭に出て遊びだした。月影がくまなく照っていて、足元には自分の影が映るほど。

ふと一萬が空を仰ぐと、五羽の雁《かり》が月のかなたへ飛んで行く。曽我山の頂《いただき》をかすめて、ちょうど、紺碧の空に一文字を書くように。

それまで弟と走り回っていた一萬は、急に足を止めて、力なく腕を落とした。

「兄様……?」

不審に思った箱王が駆け寄って袖を引く。兄の頬に涙が流れているのを見て、弟はハッと胸を突かれた。

「兄様、何を見ていらっしゃいます。いかがなさいました」

一萬は夜空を指差して

「あれをご覧、箱王。雲居に雁が飛んで行く。五つ並んで、離れることなく——。うらやましいとは思わぬか」

「何をおっしゃいます、兄様。わたくし共も、いつも離れることなく一緒に帰るではありませんか……。なんで鳥などうらやましかろう」

聞いて、一萬は首を振った。

「そうではない。雁という鳥は、家族揃って国から国へ渡ると聞いている……。あの五つの雁は、先に飛ぶは父、後は母。中の三つは子供であろう。親子揃うた雁が、この一萬にはうらやましい。そなたは弟、我は兄。母は真の母であるが、曽我殿は真の父ではない。母上はいらしても、お側にいることは叶わぬ。物言わぬ畜生すら親子揃い共に飛ぶのに、人と産まれた我らは兄弟二人きり。それを思って嘆くのだ」

「兄様よ……。兄様は悲しいことをおっしゃる。そう聞くと、箱王も雁がうらやましい」

兄の言葉に、箱王も声を詰まらせた。

二人はしばらく、手に手を取り合って慰め合っていたが――女の召使がこの様子を見て、激しい勢いで叱り飛ばした。

「またそのように泣いているのですか、殿ばららしくもない！　しかも、日も暮れたというのに、まだ外へ出て遊んでいるなんて！　さっさと中に入りなさい。母御前《ごぜ》に言いつけますよ！」

また折檻《せっかん》される――と縮み上がった兄弟は、慌てて門の外の暗がりへ逃げ出した。周囲を見渡し、周りが真っ暗で二人きりなのを確認してから、ようやく安心する。

「兄様、我らが鳥すらうらやましいと思うのも、このように家人にすら侮られるのも、元はと言えば……」

一萬が頷くと、箱王はキッとなって叫んだ。

「兄様！　我らがいつか成長したら、工藤祐経をきっと生かしてはおかない。必ず――」

「シッ、うるさい。人が聞く。おだまり、箱王。声が大きいぞ」

兄はあたりをはばかって、慌てて弟の口を手で塞ごうとしたが、弟はそれを振り払っていきり立った。

「誰が聞こうと構いません！　仇を射殺すのも斬り倒すのも、こそこそ隠して叶うものですか！」

強情者の箱王は気が短い。生来熱しやすく、激しやすい性格。思ったことはすぐに怒鳴り散らし、一途に思い詰める傾向があった。

「兄様、憎くなくて何としましょう。我らが人から侮られて、このように二人きりで嘆くのも、元はと言えば仇のためです！　わたしは悔しくて我慢がなりませぬ」

この少年が強情を張ると、大人でも手に負えない。――屋敷の中には常に大勢の大人がいたけれども、箱王をなだめることができるのは、まだ九歳の一萬だけだった。思慮深く情の深い兄は、髪を撫でてやりつつ、言葉優しく言い聞かせる。

「それは違うぞ、箱王。兄の言葉をよくお聞き。仇を取るその時までは隠すものだ。心の中だけで思って、人の噂になるようなことがあってはならぬ。

箱王、明日から、兄と一緒に武術を習おう。弓矢持つ身（武士のこと）の第一の技能は弓矢なのだよ。父上は弓の達人で、鹿も鳥も見事に射たそうだ。我らはその父上の子なのだから……」

一萬にじゅんじゅんと諭されると、箱王も涙を拭いて頷く。小さい手を取り合って、兄弟は約束するのだった。

そして次の日から、兄弟は弓の稽古を始めた。連れ子の身分の二人は、武士の子でありながら、ろくに武具も揃えてもらえない。一萬は自分で二人分の弓矢を作らなければならなかった。九つの子供には大変な苦労だったに違いない。


……以上が曽我に伝わる逸話から分かる、曽我兄弟の生い立ち。曽我は、兄弟がためには第二の故郷。二人が朝《あした》に夕《ゆうべ》に手を携《たずさ》えて遊び、枕を並べて眠ったこの地には、その史蹟所々に多く、空を渡る鳥の音までが、彼らのための哀歌かと思われるほどである。

父を討たれてから四年。当時五歳と三歳だった幼児は、継父の家で冷遇を受けつつも、健気にも意志の固い少年たちに成長する。九歳と七歳の時より武芸も始め、二人は工藤祐経を討つために、一歩を踏み出したのである。

だがしかし――、兄弟のこうした努力は思いもかけず、母親との間に深い溝を作ってしまうことになる。曽我物語に、その時の事件のあらましが詳しく書かれているので、紹介しよう。


この当時、子供の遊びといえばコマ回し、竹馬、羽子板。闘犬や闘鶏《とうけい》を見るなどが普通であったが――曽我の二人の兄弟は、他の子供たちとはまるっきり遊び方が違っていた。この日もこの日とて、

「箱王、怠けず稽古をせねば、過たず射ることはできぬぞ。ほら、ご覧」

一萬が弟を励ましつつ、薄《すすき》で作った矢、竹製の小弓で、障子を射てみせる。矢は障子にぶすりと当たった。

「あのように、思うさまに仇の首を射てみせよう。我らがいつか、十三、十五になったならば」

遊ぶにしても、このようにあだおろそかに遊ばない。年に似合わぬ熱心さで弓の稽古をするのだった。

「兄様よ、大事な仇を、そんな遠くに倒すものではありませんよ」

箱王が生意気にやり返した。彼は兄が射通した障子を破り取って、持っていた小刀で左右に斬りつけた。

「このようにやらねば、確実に倒したか、分かったものではありませんぞ」

一萬は弟の頭を撫ぜて、ニッコリと笑う。

「勇ましいぞ、箱王。それならば討ち損ずることはあるまい」

……ところが、ここに思わぬ目と耳があった。誰もいないと思って安心していた兄弟だったが、物陰から乳母が一部始終見ていたのである。

「まだ幼いというのに、末恐ろしいことだ……」

慌てた乳母は、すぐさま母親の満江に知らせる。母は息子たちの様子を聞いて、サッと顔色を変えた。

「ああ、何ということだろう。恐ろしいこと……。二人して仇を狙っているとは」

オロオロと取り乱しつつ、すぐに乳母に向かって
「すぐに二人を連れてきておくれ。それから、このことを他に漏らすのではありませんよ！」

と、激しい勢いで命じたのだった。

……さて、過ぐる四年前の秋、夫を殺害されたあの日の夕べに、「きっと仇を取って下され」と涙ながらに訴えた満江が、何ゆえここでは、息子たちが仇討ちを志していることを「恐ろしい」などと怯えているのか？

実は、この母の態度の豹変には、時代の移り変わりがある。将軍源頼朝が日本の兵馬の権を我が手に握った鎌倉時代。頼朝は武士どもの間で、仇討ちの連鎖が止まないことを遺憾に思い、一つのふれを出したのである。

「仇討ちは許さぬ。親の敵といえども勝負を決することなし。さようのことする者あらば、斬首とすべし」

これまで、武士たちの間では親の仇討ちは誉《ほまれ》であり、それこそ日常茶飯事に行われていたことだった。だからこそ、満江も「仇を取って下され」と、あの時は願ったのだけれど——今の時代では、仇討ちは頼朝への謀反となってしまう。

そうとも知らずに、幼心に固く仇討ちを決意している曽我兄弟。母の苦悩は言うに及ばず……。

「ああ、どうしたらよかろう。こんなことがよそに知られて、あの子たちが捕まってしまったら……。ただでさえ謀反人の末の二人、必ず殺されてしまう。ああ、仇討ちなどどうでもいい。無事に命を長らえてくれさえすれば……」

まことと、母の心としては無理からぬこと。満江は何としても二人を説得し、仇討ちを思い留まらせなければと思い悩むのだった。

一方、立ち聞きされたとも知らず、まだ庭で遊んでいた兄弟。突然奥の部屋へ呼び出されて、「何か叱られるようなことをしたかしら」と浮かない顔。……正面に座る母の顔色はすこぶる悪い。特に、叱られる心当たりが多い箱王はうろたえた。

「母上、障子を破いたのは、わたしや兄様じゃありませんよ。よその子供が入ってきて……」

と、ぬけぬけとウソをついたが、

「障子のことなどではない!」

と、母はピシャリとやっつけた。箱王は思わず縮み上がって首をすくめる。

「いいですか、よく聞きなさい。お前たち、祖父御前《ごぜん》の伊東祐親殿のご最期はご存知か。祖父御前はご立派な方だったが、鎌倉殿（頼朝）に恐ろしいほど憎まれて、無惨にも打ち首となったのですよ。お前たちは、その孫です……。謀反人の孫です。鎌倉殿がお前たちのことを聞いたなら、首も足ももいで殺してしまうかもしれない……。そこのところをよく考えて、よくよく身を慎みなさい。もう絶対に、館の外へ出てはいけません。遊ぶ時も、門の中でだけ遊びなさい。とりわけ箱王！　そなたは気が荒うてなりませぬ。兄を見習いなさい」

こう一息に言ってから、母はおもむろに低い声で、

「……二人とも、側に寄りなさい」

と、手招きした。

呼ばれた兄弟が膝を進めると、母は四方を見回し、人のないことを確かめてから
「お前たち、父の仇討ちを企んでいるとはまことか」

と、突然核心を突いた。兄弟は内心ギクリとするも、顔色を悟られまいとして、とっさに目と目を見合わせる。

「本当にそんなことを考えているのなら、すぐにも諦めておくれ。壁に耳ある世のたとえ。鎌倉殿の寵臣である祐経殿を討とうだなどと――、そんなことを考えていると、世間に知られたら何とします。決して、決して、仇討ちなどと穏やかでない言葉は、二度と口にしてはなりませぬよ。

それに……二人とも、曽我殿の迷惑になることはやめておくれ。祐親殿の孫であるお前たちを、このようにかくまってくれる曽我殿。どれほどの御恩を受けているか、お前たち考えたことはおありか。くれぐれも曽我殿に、恩を仇で返すことだけはなりませぬよ」

――こうした母の言葉に対する、二人の反応は実に対照的だった。

一萬は白い顔をしおらしくうなだれて、何も言わなかった。叱られると、黙ったままうつむいて、顔を赤らめるのがこの少年の癖で、彼は弟以外には決して本音を語らない。

一方、剛情者の箱王は、なかなか一筋縄ではいかない。謝るどころか、真っ向から母にたてついた。

「母上は訳の分からぬことをおっしゃる。乳母がでたらめなことを言ったんです。わたしは知りませんよ」

叱られても、平然とふてくされて横を向いていた。

とった行動は真逆だが、兄弟の考えていることは同じだった。

「母上は我らの味方になって下さらぬ。我らの父、ご自分の夫が殺されたというのに薄情なことだ。構わぬ。我にはそなた、そなたには我がおれば……。お互いさえおれば、どんな難儀にも耐えられよう。よいか、仇討ちのことは、かまえて秘密にせねばならぬぞ。家人にも乳母にも、母上にも気取られてはならぬ。人前では決して口にしまい。すべて、二人だけでやるのだ」

まだ互いに十歳にもならぬ二人には、自分たちの命が危険にさらされていることなど、現実として理解することなどできなかった。

が、自分たちが仇討ちを考えていると、大人たちがまなじり裂いて怒る、ということだけは身に染みて分かったようだ。それから、兄弟は人目をはばかって、仇討ちのことを口に出すことはやめた。

本心を口にするのは、二人きりの時だけ。夜、床の中でひそひそと密談する。あるいは野や林の中で話し合う。

――しかし、しょせんは九歳と七歳の子供の行動。周囲の大人の目を、完全に誤魔化しきれるものではない。

常に心にあるから、自然、態度にも出る。

例えばある日、秋の紅葉に染まる山々を見て、一萬が一人うなだれていた。惨劇の夜を覚えている一萬は、この時期になれば父の最期がまざまざと蘇ってくるのである。その様子を見、すぐにそれと察した箱王は

「兄様よ、そんなところにいても仕方がない。家の中で遊びましょう」

と、兄の袖を引いて励ます。

またある日には、雨のそぼ降る縁先で、箱王がさめざめと泣いている姿を一萬が見つけた。

「そなたは何をしているぞ」

と怪しむと、

「兄様は父上のお顔を覚えておいでだが、わたくしは三つの時に父上に死なれたゆえ、少しも覚えておりませぬ。一体、どのようなお人であったのか……。一度だけでもいいから、お顔を見たい……」

日頃、きかぬ気の弟がうちしおれている様《さま》に、兄も胸を締め付けられる。

「そなたの言うこともっともだが、どれほど恋しくとも、もう父上のお顔を拝することは叶わぬ。こちらへおいで。そなたには、いつも兄がついているのだ」

弟の袖を引いて、家の中へ入るのだった。

慰め、励まし合う姿はいじらしいばかりだが、こんなことがたび重なれば、自然人目に付く。周囲の大人たちはここぞとばかりに陰口をたたいた。たびたび、兄弟揃って林に消えたり、二人でこそこそしていると、

「ああ、またあの二人だ。ああして、仇討ちの密談をしておるぞ。幼いのに末恐ろしいことじゃ」

と袖を引いて噂するのだった。

このような有様に、我が子を案ずる母は、胸も張り裂けるばかり。恐れていた通り、だんだん噂が広まっていく。もし鎌倉まで知られたら……と思うと、居てもたってもいられない。

そんなある夜、心配で寝付かれなかった母は、そっと兄弟の座敷へ訪れた。

「もう寝ただろうか」

と、廊下から様子を窺うと、何やら話し声が聞こえて、ハッと耳をそばだてた。

「工藤」「仇」「祐経」という言葉が、切れ切れに聞こえてくるではないか。

兄弟はいつも必ず一つの床の中で寝ていたが、この時も、二人は一つの布団をかぶって、その中で相談していたのである。遅くまでの密談。そうと意識していなかったが、熱中して声が高くなってい

たために、外にいる母まで内容が聞こえたのである。

「ああ、あの二人は……」

母は胸の内が真っ黒になるのを覚える。

「あれほど叱ったのに、あの二人はなぜ諦めてくれないのだろう。今もあのように……。ああ、工藤祐経がこのことを知ったら、きっとあの二人は殺される。それにこの曽我の家はどうなることか。どうしたらいいのだろう。この家を守るためには……」


……以上が曽我物語のあらすじ。我が子を案じる満江の心の内、察するに余りある。彼女は兄弟二人だけでなく、新しい夫と、その間に産まれた新しい子供たちの心配もしなければならなかった。兄弟が仇討ちを考えていることが鎌倉に知られれば、兄弟が斬首となるだけでは済まない。頼朝は、そんな甘い人間ではない。間違いなく、兄弟をかくまっていた曽我太郎、そしてその子供たちにも罰が下るに違いない。そんなことになったら——と、彼女は生きた心地もしなかったことだろう。

けれども、曽我兄弟にとっては……。

家族と一緒に暮らすこともできない。館の外に出ることもできない。家人にすらいじめられて、文句を言うことも許されない。それを、ただ運命だから黙って受け入れろと——そんなことが、彼らにできただろうか?

以後、母と子供たちとは、まったく逆の方向へと人生を歩むこととなる。そして、両者は死が隔てるその瞬間まで、決して分かり合えることはなかったのである。

## 閑話休題

### 住居について

いきなりで申し訳ないが、わたしは学生時代に「古代人」と呼ばれるほど脳ミソの古い人間で、学生の頃はしょっちゅう昭和の歌謡曲を聞いていた。その時、衝撃を覚えた歌詞が一つ……

「窓の下には神田川　三畳一間の小さな下宿　貴方は私の指先見つめ　悲しいかいって聞いたのよ」

言うまでもなく、あの『神田川』の一節だが——注目していただきたいのはここ、「三畳一間」！三畳一間で同棲！　こんなミクロのスペースで、一体どんな暮らしをしていたのだろうか。あまりの衝撃で、即、古本屋に行って昭和生活史の本を購入したことを、わたしは今でも鮮明に覚えている。

さて本題。今、例に挙げたのは昭和時代だが、曽我兄弟が御存命の鎌倉時代にも、ビックリ住宅事情は多々存在する。

皆さん、ドラマとかで昔の貴族とか将軍とかの、「超エライ人」の御殿はご覧になったことがあるだろうが——地方の武士たちのおうちは、あまりご覧になったことはないだろう。ここでは一例として、曽我兄弟の義父、曽我太郎殿のお館を紹介しよう。

あんまり裕福じゃないし、曽我中村の地主程度に過ぎない曽我殿。どうせ大したお館には住んでないだろうとお思いだろうが……いやいやとんでもない！　神奈川県の風土記によれば、その広さ三〇〇米四方なり！　と言ってもピンとこないだろうが、要するに戦国大名のお城レベルに広い！　学校がいくつ入るかと考えてしまう広大さ。

これは別に、曽我殿だけに限った話ではない。どの地方武士も、それなりに広いお屋敷を構えていた。

というのも、武士たちのお仕事柄、急な戦いに備えなければならなかったからだ。いざ戦い！となったら、この屋敷の中に味方を集めて、籠らなければならない場合もありうる。そのためには、それなりの広さが求められるのだ。

そのため、曽我殿の屋敷のぐるり外側には高さ八尺〜九尺（約二メートル四十〜七十センチ）の土手を築き、外敵を防いでいた。内部も厳重に二重構造。内側（ご主人が住むお屋敷はここにある）にもぐるっと垣根がめぐらされていて、物見櫓《やぐら》が設置されていたそうだ。

何と、この櫓は明治時代まで現存していたというから実に驚き。地元の古老のお話によれば

「明治の二十年代までは、まだ物見櫓は残ってたんだけどね。村のエライ人が自分の家を新築にする時、村人をかき集めて、櫓の石を全部運んで、自分の家の石垣にしちゃったんだよね」

とのこと……。うぅむ、史跡を保存しようという意識が薄い時代ならではの話。実に惜しいことだ。

さて、屋敷の内部はどのような作りになっていたかというと――曽我殿の屋敷内部の様子は、残念ながらほぼ史料が残っていないのだが、おそらくほかの地方武士の館と大差なかったと思われる。

武家屋敷の作りは、主人の住む母屋が中心。これがバカみたいに巨大で、まるで王様みたいにドッカリと中心を占めている。その周りには、家臣たちの住む家がズラリ。その他、倉（農民から取り立てる年貢をしまう倉）や馬小屋などが建っていた。

この馬に使うスペースというのが、かなり広い。馬小屋だけでも大変だが、馬術を練習する馬場まで作っていたのだから……確かに三〇〇米は必要なのかもしれない。

さて、武家屋敷とは広さだけは大したものだが、お屋敷自体は割と質素。屋根は板葺《いたぶ》きか草葺《くさぶ》き。中の床も板間で、ぐるっと濡れ縁がめぐらしてあった。ご主人の座るところだけ、畳がちょこんと敷いてあったらしいが、その他大勢は板の上でじかに座るか、円座（わらで編んだ、丸い座布団みたいな奴）で我慢する。……だから正直、死ぬほど寒かった。暖房器具のない時代の悲しさ、皆、ありったけの衣装を重ね着することで寒さをしのいでいたらしい。

ところで皆さん、歴史の住居事情を聞くにあたって、学校の授業では絶対に教えてくれないけれど、どうしても気になって仕方がないポイントがあると思う。

「当時の人はトイレをどうしていたのか？」

キタナイけれど、人間も生き物である以上、衣食住と並ぶ切実な問題。ここは思い切って、詳しくご説明しよう。

歴史を学ぶ人々の間では、鎌倉時代とは、知る人ぞ知る一大革命の時代！　何と、トイレとは鎌倉時代に発明された！

これには壮大なスケールの原因があって、この時代、「糞尿を肥料にすれば、一年に二回も作物が採れる」というアイディアが生まれたのだ。これぞ、日本史のテストで必ず出てくる「二毛作」なり。この二毛作、同じ畑で二回も作物を育てるのだから、当たり前だがたくさん肥料がいる。そこで、皆の糞尿を一か所に集める個室、「トイレ」が発明されたというわけだ。

……が、これは鎌倉時代も後期の十四世紀のこと。曽我兄弟が生きていた平安末期から鎌倉初期にかけては、まだまだトイレなんて存在しなかった。

ではどうしていたのかというと——耳と鼻をふさぎたくなるサイアクな方法。

何と彼らは、屋敷の裏手に回って、そこで用を足していた。「ここはトイレスペース」という場所を何となく決めていて、男も女も平気で壁に向かってやっていたそうだ。少し想像すればお分かりだろうが、平らな地面で用を足すと、履いている草履が糞尿で汚れてしまう。これはさすがにイヤだったので、この「トイレスペース」には、皆が共有で使う下駄が用意してあった。今でいうトイレスリッパである。ただしこの下駄、着物の裾などが汚れないように、かなり高さのある下駄だったらしい。これを履いて座り込むのは、姿勢がかなりきつそうだ。

あと他には、川岸に立ってダイレクトに用を足す。ちょっと上級な武士だと、屋敷に水路を引いていたから、この水路を水洗便所にしていたところもあった。「トイレ」が「厠《かわや》」と呼ばれていたのは、これが語源である。

さて、ここまでも多少ショックな話題であったが、一番衝撃なのは用を足した後。いったい彼らはどうやって尻を拭いていたかというと、実は直に手で拭いていた。葉っぱ、板、縄、その辺の砂などを利用することもあったようだが、一番メジャーだったのは手である。

手で拭いた後、さすがにそのままというわけにはいかないので、その辺に用意してある甕《かめ》の水で洗う。「お手水」の語源は、実はここからきているのだ。あまりにも清潔に慣れた現代人には、耳を疑う内容である。

以上、当時の住宅事情を大雑把に説明した。

わたしはどうも、ドラマなどで昔の人が、武士、百姓に至るまで、どう見ても新品ピカピカの

衣装を着て、ご丁寧に現代メイクまでして、新築のお屋敷に住んでいるのを見ると

「嘘ばっかり……」

と思ってしまう。別に当時を忠実に再現しろとは言わないけれど、もうちょっと薄汚れて、リアリティーを持たせてもいいのじゃなかろうか？

## 由比ガ浜《ゆいがはま》　兄十一歳・弟九歳

さて、主人公なる曽我兄弟が、曽我の屋敷に閉じこめられて出ることならず、昼夜ひたすらに復讐の念を燃やしていた数年間。……この間、とりたてて変事も起こっていないので、その暇《いとま》に乗じて、仇工藤祐経《くどうすけつね》の過去を紹介しよう。

「そもそも、なぜ工藤祐経は河津三郎を殺害したのか？」

この殺害の原因については、曽我物語の第一巻や、伊東の伝承の中に詳細が書かれている。なかなか込み入っている上に、今なお不明点も多いので、ここでは重要な点だけを取り出して、手短にご説明しよう。

ことの始まりは、曽我兄弟の一門、伊東一族の血縁関係に端を発している。「伊東の一門広かりけり」と曽我物語にも書いてあるが、この連中、本当に数が多い。伊豆半島中心に、うじゃうじゃと栄えまくっている（全員美形だったというが、本当だろうか）。この後、兄弟が主な親戚縁者を訪ね歩く場面があるが、数が多すぎて大体二か月くらいかかっている。多すぎるのも困ったものだ。

まあ要するに、こうした複雑で面倒くさい一族であることを念頭に入れておいてほしい。

では本題。兄弟のご先祖には工藤祐隆《すけたか》という男がいた。この祐隆、武勇に優れ、お金持ちだったのだが――どんな人間も欠点はあるもの。「このじじい、本当に曽我兄弟のご先祖か？」と疑うほど女癖の悪い奴だった。ある時奥さんが亡くなってしまい、世をはかなんだ祐隆、

「この上は嫡男の成長を楽しみに静かに暮らしていこう」

などと、しおらしく言いながら、その舌の根も乾かぬ内に後妻を娶り、その上あろうことか、この後妻が連れてきた娘、水草《みずくさ》の色香に溺れ切ってしまう。溺れるだけならまだよかったが――子供まで作ってしまうから、後が面倒くさいことになる。老いてからの子はよほど可愛かったと見え、目に入れても痛くないほどの溺愛ぶり。何と、この子供、祐継《すけつぐ》に財産を全部譲ると言い出したのだ。

これには周囲も唖然呆然。この時、例の嫡男が急死しているけれども、もしかしたら親父の暴言が原因でショック死したのかもしれない。侍たちは「そんなこと許せるか！　義理の娘に産ませた子だろう！　いい年して恥ずかしくないのか！」と大騒ぎするし、死んだ嫡男の家臣たちも怒り心頭。

さてこの時、文句こそ言わなかったが、誰よりも根深く怒っていた男が一人いる。嫡男の息子、伊東祐親《すけちか》である。これこそ、曽我兄弟のおじいさん。

祐親は嫡男の息子なのだから、堂々たる嫡流。伊東の領土をすべて受け継ぐのは、この祐親のはずだった。なのに祐隆は「祐継に全部譲る！」と息巻いて、祐親の存在を完全に無視。しかも、こともあろうに祐親を屋敷から追放、河津へ追い払ってしまったのだ。

不平不満は計り知れないが、しかし祐親はさすが歴史に名を残す名将、なかなかに慎重派。

「じいさんが生きている間はまずい……。だが、どうせ先は長くないさ。じいさんが死んだら、その時は……」

と、じっと時節到来を待っていたのだった。

そして、ついにその時は訪れる！　祐隆は死亡し、次いで祐継も突然肺炎になって死亡寸前。

この祐継には、九歳の息子がいた。何を隠そう、この子供こそ、その後の工藤祐経。

「おお、不憫な子だ。十歳にもならないお前が、わしの死後、誰を頼りにすればいいのか」

と、祐継は我が子の行く末を案じて、おいおいと嘆き悲しむ。

そこへ、満を持して伊東祐親が登場。祐親、この頃はもう立派な成人である。

「ご案じなさるな。この子のことは、祐親が後見となって面倒を見ましょう。決しておろそかには致しませぬ」

と、おごそかに宣言。祐継はうれし涙にかき暮れて
「ああ、そう言ってくれるか！　何とうれしいことか。いや、そなたは我らに恨みを持っていると、下々の者が噂をしていたので、ずっと心を許すことができなかったのだ。だが、そう誓ってくれるのなら、もう安心だ。この幼い者をそなたに任せるぞ。祐親よ、そなたには大勢の娘がいる。ゆくゆくはその一人をこの子と結婚させ、成人したら伊東の領地をすべて祐経に継がせてくれ」

こう一方的に色々決めつけて祐継は死亡。親父そっくりの、身勝手すぎる人生だった。

しかし——、こんな滅茶苦茶な遺言を、祐親が馬鹿正直に守るはずがない。嫡流でありながら存在を無視され、家を追い出された積年の恨み。

「こんな餓鬼に伊東を取られてたまるか。自分が伊東の棟梁《とうりょう》となるのだ」

野心に燃える伊東祐親。まずは祐継の遺言通りに、自分の娘を祐経の嫁にし、うまうまと義理の父となると、

「よいか、祐経。我ら伊東の家は平家の恩を受ける身。だからお前は京都へ行って、平家に仕えろ」

と、祐経を京都へ送り、うまい具合に伊豆から追っ払った。

こうなると邪魔者は一人もいない。我が一念叶ったりと、祐親は伊東の領地を堂々と横領。一大勢力へとのし上がっていくのだった。

が……工藤祐経もいつまでも子供ではない。育つにつれ、義理の父が自分に何をしたのか分かってくる。

「畜生、こんな道理の通らないことがあるか」

と、祐経は泣きの涙で、ご主人の平家やご公儀に訴訟。ところがどこに相談しても

「気持ちは分からんでもないが、そもそも祐親が受け継ぐはずの領土だろう?」

と、祐親に同情ぎみで、ほんのちょこっとしか領土を返してもらえない。

業を煮やして、「それなら力ずくで」と、一度は戦まで企てたが、これまた祐親の味方が多すぎてお話にならない。

こと、ここに至り、ついにキレた祐経。

「あのじじい、もう生かしておけぬわ。武士ともあろう身が代々伝えた所領を奪われるとは! 寝ても覚めても、この憤懣《ふんまん》やるかたなし。刺し違えてでも奴を冥途《めいど》に送らねば、このまま生きながらえても何の意味があろうか!」

こうカッコよく宣言するのだが、自分は京都で高みの見物。手下に弓矢で暗殺させたのは先述の通り。しかも殺せたのは祐親の息子の河津三郎だけで、当の祐親は元気に生き残った。全然無関係なのに、いきなり殺された河津三郎は、この作品中で最も不幸な男である。

——以上が現在分かっている、「工藤祐経、河津三郎殺害」の概略。

伊東祐親が恨み骨髄に達し、領土を横領したことは、嫡流たる彼にとっては無理もない。また祐経が祐親を憎んだことも、まったくいわれのないことではない。同じ血、同じ肉を分け合う者同志が、かくもいがみ合うことになったとは皮肉である。

つまり曽我兄弟が不倶戴天の仇と狙う祐経は、彼らの義理の叔父にあたり、兄弟の仇討ちは、身内同士の壮絶な奪い合い、殺し合いの結果なのである。「骨肉相食《あいは》みかたみに敵視し、(略)兄弟を悲惨奈落の淵に沈めしはそも誰の罪」と、明治の物語には語られる。この罪の原因はどこにあり、誰のものであるのか。それは誰にも、永遠に解けない謎であろう。——因果応報とは、まさにこのことであろうか。

……さて、若き日は老獪な祐親に散々振り回された祐経。しかし、彼はなかなかに処世術に長けた男であったようだ。源氏有利と見るや、すぐさま平家を裏切り、源氏に味方する。そしてまた、彼にとって幸運だったのは、長年、京都で官人としての仕事に携わっていたという経歴だった。

頼朝の配下には武勇に優れた武士は大勢いても、役人、文人として優れたものは極めて少ない。京都で役人として活躍していた祐経は、この職歴を買われ、うなぎ登りの出世を遂げたのである。憎い祐親は死に、伊東の領地もすべて手に入れた。今は将軍のお膝元で悠々暮らす日々。頭上晴れ渡り、まさに我が世の春である。

しかし――祐経には心中、一点だけ曇るものがあった。河津三郎の遺児たちである。兄は一萬《いちまん》、弟は箱王《はこおう》。彼らは、幼いながらに恐ろしいほどの復讐の念を抱いていると……。

「今は幼くとも、いずれは……」

日に日に膨らんでいく危惧。仇ある身は、常に用心を怠らない。そしてついに、曽我兄弟の身の上に、降って湧いたような恐ろしい災難が襲いかかることになる。

このくだり、曽我物語第三巻と講談の中に詳しい記述がある。ここでは、古式ゆかしい昭和の講談からご紹介しよう。


ある日、祐経はずいと膝を進めて将軍頼朝《よりとも》に上奏する。

「四海波静かにして、我が君の御威勢に従わぬ者、今や唯一人もない世の中。しかし、油断は大敵でございます。手近なところにも、将来には怨敵になろうと思われる者がございます」

「何、祐経よ。異なことを申すではないか」

頼朝は眉をひそめる。かたわらでこのやり取りを聞いていた周囲の武士たちは、「チッ」と舌打ちして祐経を睨んだ。

「祐経め。またしても無用な讒言《ざんげん》をしおって。陰口の好きな奴ほど、見ていて腹立たしいものはないわ。今度は誰のことを言うつもりであろう」

しかし、祐経は周囲の白眼視など、一向、意にかいさない。

「故伊東祐親の孫が二人、今は曽我太郎の家で育てられております。今はまだ幼いが、将来の禍根となるかと……」

その名を聞いて、頼朝はサッと顔色を変える。

「伊東祐親の孫だと……」

……この一時に熱した怒気の裏には、実は浅からぬ因縁がある。頼朝が伊東祐親を死に追いやったことは前述したが、その恨みは、政治上のことだけではなく、忘れようにも忘れられない、壮絶な私怨があったのである。

時は、頼朝が北条政子と出会う以前。まだ一介の流人に過ぎなかった頃に遡《さかのぼ》る。彼は祐親の娘の八重姫と運命的な恋に陥った。しかし——平家に仕える伊東の姫と、源氏の棟梁の間柄。当然祐親がこれを許すはずがなく、二人は無理やり引き裂かれる。その上、二人の間の子供、千鶴丸《せんつるまる》まで川に沈められて殺されたのだった。

祐親の追及は容赦がなく、間髪おかず頼朝の館まで火を放たれる。この時はすんでのところで逃げ切った頼朝であったが——姫を奪われ、初めての子を殺された怨念はすさまじかった。追っ手をまいて夜もすがら馬を走らせる道中、彼はバリバリと牙を噛み、

「八幡大菩薩、我が願いを聞き給え。伊東祐親が首をはね、我が子が冥途への身代わりにさせたまえ。……ええッ、伊東は許さぬ。九族に至るまで滅ぼしてくれる！」

恐ろしいほどの恨みの形相で祈願したと伝えられる。

——工藤祐経は、頼朝のこの根深い恨みを利用したのだ。

目の上の瘤《こぶ》の兄弟を、将軍の手を借りて除いてしまおうという祐経の計略。そうとは知らぬ頼朝は、過去の恨みに目がくらんで、まんまと策に引っかかった。寵臣梶原源太《かじわらのげんた》を振り返って、言葉鋭く厳命する。

「急ぎ、曽我へ行って伊東が孫どもを捕らえよ！　由比ガ浜へ引き連れて、首を斬れ！」

「ハッ……」

手を突いて承ったものの、幼い子供らの首を斬る酷い役目。梶原源太は唇を噛んだ。祐経の顔をキッと振り返って、

「おのれ、祐経。何と厭《いや》な奴だ、貴公は……。つまらぬことを申し上げるから、わしがこのような役目を仰せつかってしまった」

心中唾《つば》を吐き、まなじり裂いて睨みつけたが、祐経は忠臣面して涼しの態……。

一方曽我の家では、そんなことは何も知らない。その日も兄弟たちは弓矢の訓練をし、無邪気に遊

び回っていた。

「ああ……」と、門前に立った梶原源太はため息をつく。これが褒美をやりに行く役目であれば、どれほどうれしいか分からぬのに、それがこともあろうに、子供の命を召し取りに行く役目。勇猛で知られる彼の心も折れそうになった。

だが、役目を仰せつかったからにはどうしようもない。意を決して屋敷の門をくぐり、

「上使として梶原源太景季《かげすえ》まかり越して候《そうろう》」

「や。こ、これはこれは……梶原殿。御役目ご苦労に存ずる」

曽我太郎は突然の上使の訪れに驚き、すぐに奥座敷へ案内した。

「して、梶原殿。ご上使の趣《おもむき》は」

「されば、その用と申すは——その……。いや、これは辛い……」

辛くとも、役目は果たさねばならない。途切れ途切れに梶原は語り出した。曽我太郎は思いもよらぬ用向きを耳にして色を失う。

「何と……何と御意ある……」

膝をつかみ、しばらくはものも言えなかった。

この曽我太郎、何かにつけ兄弟を冷遇している印象があるが、それは謀反人をかくまっている恐れから来るものであって、悪意からそうしているわけではない。いざ兄弟の命が危ないとなれば、とた

んに罪悪感に駆られる、平凡で小心者の男なのだ。(注1)

さて、曽我太郎は梶原源太の酷い知らせに、土のごとく顔色を変え、

「そのような……。そのような酷い仰せ。かの兄弟、縁あって五つと三つの頃より手元に引き取り、養育すること、早や七年でございます。それが――それが……。鎌倉に召されるとあれば、おそらく命はありますまい。あのような幼い者、双葉のうちに命を散らすとは、あまりにも……」

「ごもっともでございます……。まことに――」

頭も上げられぬまま、二人はしばし無言のままだった。しかし――いつまでもそうしてはいられない。

「御上意とあれば、背き奉ることは思いもよらず……。仰せの通り、兄弟を召し連れて参ります」

やがて曽我太郎が、意を決してふらふらと立ち上がった。重い足取りで満江《まんこう》の部屋へ行き、青ざめた顔で一気に言う。

「満江よ。今、梶原殿が参られ、御用の向きをうかがったところじゃ。よいか、心して聞け」

「は……はい……」

「さればよ。殿の御子息を殺め、あまつさえ平家に加担した謀反人である伊東祐親が孫、一萬と箱王の両人、すぐ召し連れて鎌倉へ参れとの仰せ。すぐにも出立せねばならぬ」

青天の霹靂とは、まさにこのこと。聞いた母の驚きは尋常のものではない。

「エ――エッ！　何と、何とおっしゃいます！」

声さえ別人のごとく裏返って、

「厭です！　厭です！　渡しません、断じて……」

絶望的な悲鳴を上げ、曽我太郎に取りすがって泣きわめいた。

その母の絶叫に驚いて、一萬と箱王が「母上！　いかがなさいました」と座敷に駆け込んでくる。

「オオ――一萬、箱王」

母は無我夢中で二人を左右にかき抱くと、黒髪を振り乱して泣き悲しむのだった。「梶原殿がそこにお見えだ。さあ――」との周囲の声も聞きもあえず、

「ああ、ああ――。これは夢だ、悪い夢に違いない……。祐親殿を死に追いやっただけでは飽き足らず、何も知らぬ子供の命まで！　どうして……どうしてそんな――」

二人を抱きしめ、ただ涙を落とす。斬首と分かっていて、どうして愛しい我が子を渡せよう！

身をよじって悲しむ妻を見る、曽我太郎も辛かった。けれども、曽我の家長たる彼。いかに哀れと思っても、将軍の命に背くわけにはいかない。必死に声を励まして、

（注1）曽我太郎は兄弟が死んだ時に「わたしは兄弟に何一つしてやらなかった。今はそのことを後悔している」と語っている。

「満江よ、未練であるぞ。昔は斬首を怖れて逃げることもできたが、今や鎌倉殿の御威光は日本中、及ばぬ隈《くま》もなく、とても逃げおおせるものではない……。それよりは——仰せに従って兄弟を差し出し、その上で命乞いをして、お情けにすがる他あるまい。わしも同行して、何とか減刑を願おう。ええ、分からぬか！　上使の前で恥であるぞ。そなたも武士の妻、武士の母であろうが！」

「……はい。は、はい——」

曽我太郎に繰り返し掻き口説かれ、がっくりと肩を落としつつ、母は泣く泣く子供らの死に装束を用意するのだった。

まさか自分の手で、我が子に死に装束を着せる日が来るとは……。着替えさせ、その姿を改めて見て、「まだこんなに小さいのに」と、また涙を新たにする。一萬に着せた装束は、垣に朝顔の花の柄。昼を待たず、朝の内にしおれる命短き花よ。哀れや、この子もまた、はかなき命で終わるか——。

「ああ、叶うことなら、この母が身代わりになって死にたい！」

せぐり上げる悲しみに泣く母を、逆に子の一萬が慰めるのだった。

「母上、お嘆き下さるな。そのようなご様子をお見上げすると、わたくしも未練が残ります。もし、わたくしが斬られるようなことがあれば、前世のこととお考えになり、お諦め下され」

兄がしっかりした口調で言えば、弟も負けじと言う。

「兄様《あにさま》のおっしゃる通りです。わたくしも、恐ろしくなどありませぬ」

いよいよ別れの時。

「では、左様ならば。母上様」

二人揃ってきちんと両手をつき、別れを告げるいじらしさ。外からこの様子を見ていた梶原源太も、思わず顔をそらして涙を堪えるのだった。

兄弟は義理の父、曽我太郎と共に馬に乗って、梶原源太を先頭に家の門を出ていく。これが、今生の見納め。これきり、二人が再びこの門をくぐることはないかもしれない……。

と、兄弟が門を出ようとしたその時――。堪えきれなくなった母は、はじかれたように駆け出して、「お待ち下され!」と叫びながら追いかけてきた。

髪振り乱し、裸足で。無我夢中で馬の足に取りすがって叫ぶ。

「お待ち下され! 一萬! 止まって。箱王、もう一度その顔を見せて……」

恥も人目もはばからず、泣きむせびながら哀願するのである。

「今しばらく……。一萬! 箱王! ああ梶原殿、お慈悲でございます! 助けて――助けて下さいまし!」

声を惜しまぬ悲痛な叫び。「母上――」と、兄弟も幾度も振り返る。

「母を置いていくか! 止まって! どうか――一萬! 箱王!」

……しかし、馬の歩みは早い。必死に取りすがる母の手を振り払い、次第次第に遠ざかりゆく。それでも諦められぬ母は、倒れつつ、倒れつつ、また起き上がって追うのだったが……。ついに小さな後姿はかなたに消え、見えなくなってしまう。一人残された満江は地面に倒れ伏し、胸も裂けよとばかりに泣き叫ぶのだった。

時、寿永二年（一一八三）五月。一萬は十一、箱王は九つであった。

一行が鎌倉に着いたのは夜だった。夜は出仕もできないので、その日はそのまま梶原の屋敷に泊まる。兄弟は疲れ切っていたので、通された座敷ですぐに眠ってしまった。

梶原源太も疲れ切っていた。だが、とても眠る気になれない……。座敷に座り、重い息を吐く。兄弟の幼さと健気さ、その家族の嘆きを目の当たりにして、この勇猛な武士の心も暗かった。

梶原源太景季——源頼朝が不遇の時、頼朝に味方して父と共に挙兵し、縦横無尽に戦って貢献した、血の熱き武将である。頼朝も彼の忠誠心を深く信頼していたようだ。頼朝が弟の義経《よしつね》と戦った時、梶原は敵である義経の家臣として働いていたが、この時でさえ頼朝は彼の忠誠を信じ、許したのだった。

その忠烈な梶原の心が、今激しく揺れていた。彼はまた立ち上がって次の間へ行き、眠る兄弟の姿を眺めた。いつもの習慣で、二人は一つの床の中で寄り添って眠っていた。頬と頬を合わせ、互いの身体に腕を回して無心に眠る、その寝姿のあどけなさ。

梶原はたまらなく胸が痛んだ。彼にも、何人かの子がある。ちょうど、この二人と同じ年頃。

「ああ――！　今晩限りの命か。可哀想に……」

頭を振って座敷へ戻り、それから夜通し座り込んで、ただ黙々と考え込んでいた。

夜が明けると同時に、梶原源太は取るものも取りあえず、一散に鎌倉御所へ走っていった。そして、

「鎌倉殿に申し上げたいことがある！」と、取次を頼んだ。

頼朝はすでに待っていた。梶原源太がまかり出るなり、冷ややかな調子で
「梶原か。なぜ昨日のうちに兄弟を召し連れてこなかったか。曽我太郎祐信《すけのぶ》が不承知を申し出たか」

頼朝は昨日のうちにでも、兄弟の首をはねる気でいたのである。梶原はその冷淡さにヒヤリとするも、

「いいえ、到着が夜半を過ぎていたため、今朝を待った次第にござります。決して、不承知など……。殿、それにつけまして――」

顔を上げて、力を込めて申し上げる。

「このたびのこと、わたくしには辛いご命令でございました。源太景季、我が君のご命令ならば、戦場で一命を捨てることなど、物の数とも存じませぬ。しかし、このたびの曽我への御使い、甚《はなは》だ堪え難うございました。兄弟の幼さ、母の嘆き……到底見るに忍びなく……」

「そうか。二人ともまだ幼い。母の嘆きはもっともであろう」

頼朝がさりげなく漏らしたその言葉に、梶原はパッと身を起こした。彼は主人の言葉に取りすがっ

て、

「ならば――！」

と、膝を乗り出して叫んだ。

「恐れながら申し上げます。兄弟はまだ年端も行かず、あまりにも不憫であれば、どうぞ二人の命をお助け下さりませ！　成人するまでの間、この源太にお預け下さいまし。わたくしが責任をもって兄弟を世話し、断じて謀反など起こさせぬよう見張っておりますれば……。殿――！」

誠心誠意、梶原は必死に訴える。しかし、頼朝は眉一つ動かさなかった。

「ならぬ」

と言下に――。

取り付く島もない頼朝の態度。それでも梶原は諦めない。頭を下げ、繰り返し申し上げた。

「殿、源太景季、決して自分の手柄を誇るわけではございませぬが、殿が挙兵なさって以来、一命を賭して戦い通して参りました。わたくしの忠勤を愛でて、どうぞあの兄弟をわたくしにお預け下さいまし！　お慈悲をたれたまえ、殿！」

熱誠込めた忠臣の言葉だったが、頼朝の心は動かなかった。

「源太よ、よく聞け。あの兄弟の祖父、伊東祐親の振る舞いは、そちもよく存じておるはず。我が子を殺し、妻を奪い、嘆きの上にも恥をかかせた。あまつさえ、その後わしに敵対し、この命を狙った。

長い年月、わしの望みは伊豆の土地を奪い、伊東にこの恨みを晴らすことであった。奴の血筋は、乞食の端に至るまで生かしておけぬ。ましてや、あの兄弟は祐親の直系の孫。たとえそなたであろうと、二度と助命の儀はあいならんぞ！」

「そ……それは——それは……」

けんもほろろの厳命に、梶原源太も返す言葉がない。頼朝公という人物は、源氏三代の基《もとい》を築いた偉人には違いないが、刃物のように冷酷で、憎しみや恨みをどこまでも押し通すという、恐ろしい一面があった。梶原源太ほどの寵臣であっても、これ以上兄弟の肩を持てば、どうなるか分かったものではない。

「……伊東祐親へのお恨みは無理からぬことなれど、しかし——あのように幼い愛しげな者まで……。武骨者の源太も、胸の張り裂ける思いがいたします。殿——殿……。この源太の頼みを……」

梶原のすがり付く視線を払いのけて、頼朝は追い打ちをかける。

「時を移さず、由比ガ浜にて首を斬れ」

——由比ガ浜。現在では鎌倉八幡宮のすぐ前にある海水浴場として有名だが、かつては多くの罪なき命を奪ってきた処刑場であった。生かしておいては後に禍根を残す者、謀反の疑いのある者——頼朝は無数の首をこの浜辺で斬らせた。現在でも人骨が多数埋まっており、工事の際に発見されることがある。

その浜辺に、今、曽我兄弟も連れていかれた。兄弟最期の場所となる砂の上には、すでに敷皮《しきがわ》が二枚敷かれている。

「憐れな奴らよ。いかなる宿世の因縁であろうか。幼くして父と死に別れ、代々の所領を失い、ついには十五、十三にもならぬうちに命を失うとは……」

義父曽我太郎の目にも涙が光る。最後に、彼は子供らの装束を直し、風に乱れた髪を撫でつけてやった。

養父に対し、一萬がきっぱりと言う。

「曽我殿、お泣き下さるな。祖父御前のことで斬られるとあれば、すでに覚悟はできております。殿の恩は、我ら兄弟、身に染みております。我らが斬られた後は、母上がお嘆きでありましょう。母上をお頼みいたします」

周囲の大人たちが涙を流す中で、当の一萬と箱王だけが泣いていなかった。いつものように手を取り合って、波打ち寄せる浜辺へ歩いていった。この幼さで、すべての大人から見捨てられてしまった孤独な兄弟は、今さら誰の助けも期待してはいなかった。

うねる海、松の緑、白い砂浜。

梶原源太は、声が震えるのを必死で堪えつつ尋ねた。

「一萬殿、箱王殿、気の毒だが、そなたらはここで死なねばならぬ。何か母に言い残しておくことはないか」

「別に何も……」

一萬の声は平時と変わりなかったが、その顔は、さすがに血の気が失せて青白い。

「何もかも思い切った今は、未練はございませぬ。二人とも立派に首を斬られたと、母上にそうお伝え下さい」

「箱王殿は」

「兄様と同じです。ですが……母上に今一度お会いしたく……」

弟の唇が震え、丸い頬に涙が流れたのを見て、一萬がとっさにその手を取って「箱王、見苦しいぞ」と、ささやいた。

「兄が言ったことを忘れたか。母上や乳母のことは、かまえて考えてはならぬ。未練が残る。父上の子として、恥ずかしい振る舞いはするな」

箱王がハッと目を上げて、兄の顔を見る。急いで涙を拭いて、にっこりと笑った。その思い切りのよい、幼い笑顔のあどけなさ。その顔を見て、胸打たれぬ者はなかった。

いよいよ梶原の家臣、堀彌太郎《ほりのやたろう》が、抜身の刀を持って二人の後ろに回る。

「さあ、お二人とも、弓矢の家に産まれし上は、命より名こそ惜しむものなれ。最期にあたって心乱さぬよう、目を閉じ、西を向いて手を合わせなされ。御仏のお救いがあらんことを祈り、南無阿弥陀仏を唱えなされ」

言われて、二人は素直に小さな手を合わせたが、この時一萬は「祈ったとて、救われる命ではないものを」と言い捨てたという。

……兄から順に斬るのが作法。彌太郎は刀を持ち上げて一萬の後ろに立った。

「御免ッ」

サッと一刀振りかぶったが、おりしも朝日が差して、白く細い首に刀が影を落としたのを見て、彌太郎は瞬時ためらった。

「順序から言って兄が先だ。しかし、この兄の首が落ちたのを見て、弟はいかに泣き叫ぶだろう……」

それはあまりに酷い――。では、弟から先に斬るべきか……。荒武者で名をはせた堀彌太郎であったが、心決まらず、ぐっと振りかぶった手が震えて、容易に斬ることができなかった。

と、その時である。

「しばらく！　今、しばらく――！」

大音に叫ぶ声、鋭い蹄《ひずめ》の音が響き渡った。ハッとして一同が振り返ると、馬を滅茶苦茶に飛ばし、もうもうと砂をまいて走り寄る若武者の姿。

「上意である！　太刀を収められよ！」

叫びつつ、四つ折りの白紙を青竹にはさみ、馬上より高々と掲げた。

「斬ってはならぬ！　太刀を収められよ！　鎌倉殿より、お許しがあった。お二人は、早や曽我へ帰りたまえ！」


なぜ、急に刑が取りやめになったか？　話は数時間前に遡る。

梶原源太の助命嘆願はすげなく取り下げられたが、彼の熱意は無駄ではなかった。忠臣梶原源太の、主君の不興を買ってでも子供を救おうとする姿に胸打たれた武将たちが、次々に立ち上がって頼朝を説得したのである。

「殿、それがしも恐れながら申し上げます！」

「我らが今日までの働きに代えて！　曽我の子供をお救い下されば、生涯、第一の御恩と存じます」

重臣たちの必死の命乞い。しかし、頼朝は許さなかった。最愛の子を殺された頼朝は、祐親の最愛の孫を殺すことで、子の供養としてやろうと思っていた。

いかなる申し出にも「許さぬ」の一点張りの頼朝。重臣たちはついに万策尽き、一人、また一人、虚しくその場を去っていった。

しかしそこへ、じっと座り込んで、頼朝を真正面から睨みつける武将が一人いた。

「重忠《しげただ》か。そちが何の用か」

畠山《はたけやま》重忠。頼朝の片腕とも言うべき重臣である。坂東《ばんどう》随一の強大な勢力を持つ家柄。文武共に優れる武士の鑑と謳われ、そして誰よりも厚い忠誠心でも有名だった。

今、五三の桐《きり》の大紋《だいもん》着て威儀を正した重忠の顔はげっそりとやつれ、額からは汗を垂らして青ざめている。実はこの時、重忠は病気療養中の身であった。だが、偶然にも曽我の兄弟の危機を聞きつけた彼は、「死なせてはならぬ」と起き上がり、家の者の反対を押し切って御所へ駆けつけたのである。

「重忠、そちが訴訟するとは珍しいではないか。また、そちは病中とのことであったが……」

頼朝が声をかけると、重忠は床に拳を当てて、

「恐れながら、我が君には伊東の孫どもを打ち首になさると漏れ聞いた故、病中を押して出仕つかまつりましてございます。殿――まだ東西もわきまえぬ幼き者を御成敗なさっては、世の聞こえはいかがなりましょうや。殿は冷酷無惨との評判は避けられませぬぞ。この点をよく思案の上、曽我の子供をわたくしにお任せ下さいますよう申し上げます」

と、凛然たる声で言い放った。頼朝は苦り切って眉をひそめる。

「重忠よ。それはならぬ。そなたも存じておるであろう。伊藤祐親の振る舞い、肝に銘じて生涯忘れることはできぬ。伊東の血を引くものは、いかに卑しき者なりとも助けることはならぬ。そしてまた、あの兄弟は後々、祖父の仇と言い立てて、この頼朝の敵ともなりかねん。双葉のうちに切り取るが上

策。よいか、命乞いは聞かぬぞ」

「お言葉ですが――」

重忠は平然と反論する。主人の不興もいっこう頓着せず、大胆不敵にも、ずいと膝を進めて、真っ直ぐ主人の顔を見詰めて言う。

「殿、重ねて申し上げます。兄弟が末の敵にならんことをお心にかけておられますが、彼ら兄弟が成人の後、いかなる振る舞いに及ぼうとも、この重忠が兄弟を預かる上は、わたくしが一切を引き受けましょう。まげて、助命の儀を願い上げます」

「……常には願い事一つ言わぬそなただ。そなたの言うことならば叶えてやりたい。だが、こればかりは聞けぬ。その代償に、武蔵国二十四郡を与えよう」

頼朝は、朝から次々に訪れる助命嘆願の申し出にうんざりしていたところであった。だが、重忠ほどの重臣を無下には扱えない。それゆえ、褒美を与えて下がらせてやろうと図ったのだが――逆に、この言葉が重忠の怒りに火をつけた。彼は莫大な褒美など耳にも入れず、

「何と仰せられる！」と、肩をそびやかして怒鳴りつけた。「この重忠を、所領を得て、兄弟の命を見捨てる薄情者と思召し、かようにのたまうか。恥辱にござります！　はばかりながらお恨みに存じますぞ！　かえって、わたくしの所領を取り上げ、彼らをお救い下さいませ。それこそが重忠が喜び。また人の道でござります！」

心中、一点の曇りもない言葉。さすがの頼朝も、一言も返すことができない。重忠はいよいよ熱を込め、居丈高に言上する。

「恐れながら、昔、平家によって源氏が滅ぼされた時、捕らえられた殿は首を斬られるところでございました。しかし平清盛《きよもり》の母君、池禅尼《いけのぜんに》様が、殿が幼少であることを憐れに思い、殿の命を救われましたこと、よもやお忘れではございますまい。その情けの深さ、ありがたさを思い起こし、彼らをお救い下さりませ」

するとこの言葉に、今度は頼朝が顔色を変えた。サッと顔面に朱を走らせて、

「黙れ、重忠！　平家の一門、なまじ情けをかけてわしを助けおいたればこそ――今に至って、この頼朝のために滅ぼされしこと。知らぬそなたでもあるまい！　今また、わしが兄弟を助けおかば、後々、彼らはいかなる振る舞いに及ぶか分からぬ。やはり、あの二人は末の仇となる者どもだ。ここに心づかぬか！」

「笑止！」

重忠は頼朝の言葉を遮って嘲笑った。

「平家が滅んだのは、仇討ちのためではござりませぬ！　平家の者どもが悪行を繰り返し、仏法に従わず、官職を独占したため。天がこれを許さざるゆえに滅んだのでござります。政《まつりごと》さえ正しければ、世は末代まで栄えるものでござります。たとえ、敵の血筋といえど、殿に心服することでございましょ

う。また今、謀反人の末たる兄弟をお助け下されば、殿の仁徳はあまねく天下に知れ渡り、源氏の固き礎《いしずえ》となりましょう。

殿、彼らにお慈悲をたれたまえ！　彼らは敵の孫でありましょうが、まだいとけなき者ども。重忠に彼らを預けたまえ。もし——もし、これほどに申し上げても、なおお聞き入れ下さらぬとあれば、この重忠、子供二人の命すら救えず、この先生き永らえて何の甲斐がありましょうや。ただ今、この場で重忠の首を斬りたまえ！　もしお手討ちも叶わぬとあれば、富士浅間《ふじせんげん》も照覧あれ！　自害して果てる覚悟にございます！」

常には口数の少ない重忠。この愛臣の鉄石の覚悟に、さしもの頼朝もなすすべがなかった。

頼朝の兄弟への恨みは、子を殺された者の真っ当な復讐などではない。当の祐親が死んだ後、なお執念深く怒りを捨てかねて、何も知らないその子孫を害そうという、浅ましい腹いせに過ぎない。

人としての正道を語り、自分とは無関係な子供のために、命まで賭ける重忠の清い態度に、ついに頼朝も我を折ったのだった。

「されば、この者どもを許そう……。重忠よ、そなたが命にかえて、助命いたすぞ」

——かくして、曽我兄弟は奇跡的に許されて曽我へ帰ったのであった。

その頃、曽我の里では、

「もう今頃は……二人は首を切られてしまったに違いない」

と、母の満江が女房たちと泣き伏せっているところだった。

そこへ――思いもよらぬ馬のいななき、ざわめき声。そして、

「若君様たちのお帰り！　若君様たちが、お帰りになりました！」

「エッ……まさか――」

慌てて門外へ駆け出していくと、まさしく一萬と箱王が、馬から降り立ったところ。

「母上！」

と叫んで、こちらへ走り寄ってくる。

……もう二度と抱くことは叶わないと思った、二人の小さい身体を左右にひしとかき寄せ、「ああ……。よく――よく帰って……」とつぶやいたきり、もう言葉にならない。楓《かえで》のような手を握り、小さな頬に顔押し当てて泣いたのだった。

以上が講談『由比ガ浜へ引き出されしこと』。このエピソードは曽我物語全編を通しても、特に名場面と名高く、かつては絵本や教科書、映画でも熱を入れて描かれたものである。兄弟を救わんと主君にたてつく、梶原源太、畠山重忠の懸命の命乞いが美しい。

わけても、畠山重忠。この人物はこの後も兄弟の存在を忘れず、幾度も彼らの命を救い、仇討ちの

手助けをし、そして二人の死の瞬間をも見届けることになる。「彼らの命を預かる。彼らが何をしようとも、重忠が一切の責任を負う」と言い切った彼は、その言葉通り、曽我兄弟の一生の間、二人の命の親となったのである。

――しかし、命は助かったものの、兄弟の立場が良くなったわけではない。いや、むしろ以前よりいっそう危険になったと言っていい。

頼朝は確かに、重忠に押し留められて、兄弟の命を取ることはしなかった。しかしこの冷たい権力者は、これで恨みを捨てるほど生易しい人間ではない。今日、命を助けたのは、ただ重忠への遠慮に過ぎない。……頼朝はこの先、あらゆる場面で兄弟を苦しめ、命を取らんと憎しみを燃やすのである。

――二人の敵は、祐経一人ではなかった。祐経よりさらに大きな存在、将軍源頼朝がいたのである。

これゆえ、哀れな兄弟はさらに追い詰められ、あまつさえ二人引き裂かれてしまう運命にあるのだが――それは別のお話。次章にお譲りしましょう。

## 兄弟、離別に泣く　兄十三歳・弟十一歳

光陰《こういん》矢のごとし。曽我兄弟が由比ガ浜《ゆいがはま》で命を救われてから、早や二年が過ぎる。

文治二年（一一八六）。この年、日本人の心に深い印象を残す事件が起こった。源義経《よしつね》の愛妾、静御前《しずかごぜん》の「静《しず》や静《しず》」の舞である。

曽我兄弟と直接の関りはないが、この事件には兄弟の宿敵、工藤祐経《すけつね》が関わっているので、少々寄り道して紹介しよう。

「静の舞」。日本史に親しんだ人なら、一度は耳にしたことがおありだろう。鎌倉八幡宮の落慶《らっけい》式で、日本一の舞姫と名高い静御前が選ばれ、舞い踊ったのである。

けれども、この時の静の身上、決して華やかなものではなかった。

――義経は兄頼朝《よりとも》と敵対して追われる身。静は「罪人義経の愛妾だろう」と鎌倉に幽閉。しかも、義経の子を身ごもっていたために「腹をかっさばいて子を殺そう」とまで頼朝に脅されていた。

しかし、静は健気にも頼朝の面前で義経を恋い慕う歌を歌いあげ、見事に舞を披露する。恋を貫く美貌の舞姫の姿に、満座の武士たちは涙を流し、拍手はいつまでもやまない……。

――何を隠そう、何とこの舞の時、静の後ろで鼓《つづみ》を打っていた男こそ、かの工藤祐経であった。

鼓を打ち、粛々と座を去っていたのだったら良かったのだが……、この後、祐経はとんでもない行動に出る。静を間近に見、その美貌によからぬ欲望を抱いた祐経、数人の友人と連れ立って、静のいる宿へ押しかけた。そして無理矢理に酒宴を要求、挙句の果てに乱暴を働こうとしたのだった。

が、我々はここでも、誇り高い義経の恋人の姿を見ることができる。見苦しいほどに酔った祐経に対し、静は毅然としてこう言い放ったのだ。

「わたくしは義経様の妻でございますぞ。世が世なら、そなたなどわたくしの側へも寄れぬものを。下がりなさい！」

……英雄が戦の手柄で人生を飾るように、その恋人は見事な振る舞いで名を残す。彼女の一挙一動、胸を打たぬものはない。顧みて――工藤祐経が振る舞い、武士の風上にも置けない。

……一事を見て万事が分かると言うけれども、工藤祐経という男は、このような振舞から、けっこう嫌われ者だったらしい。「無用な讒言で人を陥れようとする」と他の武士から言われているし、またかなりの酒乱でもあった。そもそも祐経が兄弟に殺された時、「周囲は兄弟に同情的で、祐経のために涙を流したのは彼の子供と親戚だけだった」という事実からも、彼がどう思われていたか分かるというものだ。

最近では

「曽我兄弟が仇討ちをしたのは領土問題が原因で、逆恨みに過ぎない」

とか、

「工藤祐経は領土問題から殺害されてしまった、哀れな被害者だ」

などと、一部ではまことしやかに言われているけれども……。まず第一に、当時の領土問題を現代の感覚で捉えようとすること自体が間違っているし、当時の武士たちが工藤祐経殺害を聞いて「殺されて当然だ」と感想を述べた事実を、よく考えるべきである。


さて、静御前が舞を舞った、この文治二年。曽我の里では一萬《いちまん》が十三、箱王《はこおう》は十一の春を迎えていた。この頃になると、兄弟が祐経を恨んでいること、仇討ちを企んでいることを、曽我で知らぬ者はなかった。二人の姿が見えないだけでも
「また例のことよ。どこぞに隠れて密談をしているのだ」

と下々の奴婢《ぬひ》に至るまで噂し合うほど。

……そしてこのことが、母と義父に、兄弟にとって最も残酷な決断をさせてしまう。

その時の兄弟の悲嘆、止めどなく流す涙。格調高い明治の講談から紹介したい。

「これほどに噂になっては……。ああ、これではまた祐経が鎌倉殿に言上して、二人の命を狙うかもしれない。この上は、早く兄弟の始末をつけねば……」

母の満江《まんこう》は曽我太郎に、様々に相談する。

「どうでしょう。いっそ今のうちに、二人を離れ離れにしてしまっては……。兄弟を一緒にしておいては、どのような悪事（仇討ちのこと）を企むかしれません。引き離してしまえば、大人しく身を慎むようになるのでは――」

由比ガ浜の事件以来、満江はさらに神経が過敏になっていた。身はげっそりと痩せ、時折胸のつかえさえ起きるほど。

それも無理からぬこと。畠山重忠《はたけやましげただ》の温情によって、一度は斬首をまぬがれたが、いつまた祐経が二人の命を狙うかもしれない。兄弟の思いも哀れだが、それ以上に彼女は「曽我の家に迷惑をかけられない」という遠慮があった。ただでさえ、謀反人の孫をかくまってもらっているのに……この上の迷惑をかけて、恩を仇で返す真似はできない。

「思い立ったら一刻も早く」

と、まずは十三歳の一萬を元服《げんぷく》させる。髪の端を切り、侍烏帽子《さむらいえぼし》をかぶり、太刀を佩《は》いて、曽我十郎祐成《すけなり》という名をもらった。

なぜ長男にもかかわらず「十郎」などという名を付けられたかというと――それは曽我の家で一萬はよそ者であり、厄介者の存在であったためである。幕府をはばかり、格下の名を付けられたのだった。

普段、曽我に遠慮ばかりしている満江も、このみじめな扱いには、さすがに涙を禁じ得ない。父の河津三郎が殺されさえしなかったら――祖父の伊東祐親《すけちか》が死に追いやられなかったら……。この元服式は、どれほどめでたいものとなったか分からない。祐親は溺愛した孫の成人した姿に、躍り上がって喜んだろうし、三郎は「これがわしの跡取りだ」と、周囲に誇ったに違いない。

「他家の姓を名乗り、その上、十郎だなんて……」

祝いの席でありながら、満江は涙を流してこう言ったと伝えられる。

さて、兄の方《かた》はつけた。残るは弟の箱王である。

ある日、母満江が兄弟二人を呼び出して、こう語る。

「二人とも、よくお聞き。亡き父上はことに箱根権現を敬っておられた。箱王や、お前の名も、畏《おそ》れ多くも箱根権現《ごんげん》からいただいたのだよ。しからば、お前はこれから箱根の寺に登って修行をいたし、末は法師となって、父の菩提を弔っておくれ」

……寺と里とに引き離してしまえば、もう滅多に会うことは叶わない。それに、大人しい兄十郎に比べ、箱王は産まれついての荒々しい気性。寺に閉じ込め、刀を取り上げねば、決して仇討ちを諦めまいと考えての決断。

――これを聞いた曽我兄弟の驚愕、筆にも尽くせない。産まれてこの方、ただの一時も側を離れたことのない兄弟。……十郎は箱王の顔を見詰め、箱王は衝撃のあまり顔を上げられず、呆然として床を見詰めている。

しかし親の命令は絶対の時代。逆らうことなどできはしない。やがて、

「はい……」

と、蚊の鳴くような声で箱王が答えた。

「仰せに従います――。箱根に登山し、父御前《ごぜん》の菩提を弔います……」

「おお！　聞き分けてくれましたか、箱王。きっと立派な法師となっておくれ。母はその日を待ちわびていますよ」

母は我が子を抱きしめ、涙を流して喜ぶけれども……。生木を裂かれるように引き離される、兄弟の心はいかばかりか。かたわらにいた十郎は歯を食いしばり、面を思い切り横にそむけた。今、弟の姿を見ては、このまま泣き崩れてしまうと思ったからだった。

――箱王が兄に手を引かれて、箱根の山を登っていったのは、その年も明けぬうち。十月のことだった。「心の変わらぬうちに、少しも早く」とせかされたためだった。

背に弟のむせび泣きを聞きながら、山道を案内する十郎も辛かった。この兄にとって、弟の苦しむ姿を見ることほど辛いことはなかった。それも、自分は武士となり、弟だけが寺に入れられてしまうなど、とうてい耐えられることではない。

とうとう寺に着いた時、

「兄様《あにさま》！　いつも一緒だと誓ったのに……」

と、箱王が兄の袖を引き、激しい勢いで訴えた。

「兄様、わたしは法師になどなりたくない。寺に入ればもはや仇討ちはできませぬ。それに、それに、兄様と別れたくない。一人で寺に入るなんて嫌だ……。我らは決して離れぬと、いつまでも一緒だと言っていたのに……」

「ああ――！　箱王、箱王……」弟が泣けば、兄も声を揃えて嘆く。「箱王、わたしも同じ気持ちだ。わたしとて、大事なお前と離れたくない……。たとえ地から雨が降る間違いがあったとしても、我らが離れることはないと思っていたのに。

それにつけても、我らがこうして離れ離れになるのも、父上を殺した祐経、そして我らを祖父祐親の孫と恨んでいる鎌倉殿のため。この二人を怖れるために、こんな悲しい目に遭わねばならぬとは……。

だが今は、言いつけに従って母上を安心させねばならぬ。母上がお前を寺に入れたいと思うのは、お前の身を守りたいがためだ。寺に入ったとて、すぐに坊主にさせられるわけではないから、しばらく様子を見るのだ。……お前を一人にするのは、わたしも身が切られるほど辛いが――」

二人、山門から動くことができず、しばし抱き合って泣きぬれる。

やがて、ようやく身体を離して、足取り重く十郎は歩き出したが、箱王はまだ立ち尽くして兄の姿を追っていた。恋しき兄と袖分かつ、その悲しみはいかならん。山道を下りながら、十郎は幾度も後ろを振り返った。追いすがる視線を背に感じつつ、泣きながら曽我へ帰っていったのだった。

それから、兄弟の苦しみの日々が始まった。大人たちは単純に

「二人引き離してしまえば、もう悪事を企むことはなくなるだろう。すぐに我を折って諦めてしまうに違いない」

と考えていたが——兄弟の絆と決意は、何人にも奪い去れるものではなかった。いや、引き離されることによって、二人はさらに痛切に互いを恋い慕った。

十郎は曽我の屋敷を出て、小さな家で一人で暮らすようになった。彼は弟のいない曽我の家に、もう暮らしていたくなかったのかもしれない。……日々、戸口を出るたびに、眼前にそびえる箱根の山を仰ぎ見る。距離はさほどではないが、二人にとっては星々のかなたより遠い。弟のいる寺はあのあたりか。今頃、どうしていることか——。思いを巡らしては、可哀想な弟よとしのんでいたという。

また、箱王は寺に閉じ込められて、修行の日々を送っていた。けれども、もともと坊主になる気など少しもない。経文など見向きもせず、兄と同じく武士になりたいと、心に思うのはそればかり。こうして曽我を追い出され、兄と引き裂かれたのも、これすべて仇の祐経のため。曽我へ帰りたい、こ

こから出たい――。
毎朝、毎晩、箱根権現に参詣しては
「箱根三所権現、あわれ願わくば、父の怨敵工藤祐経の首を我に授けたまえ。我を曽我へ帰らせたまえ……」
風の日も雨の日も、休むことなく通いつめ、一心込めて願うのだった。

そのような折り、思いもよらぬ出来事が、箱王の身の上に起きる。

箱根に入った次の年の正月。将軍源頼朝が、箱根権現に参詣するとのふれだしがあったのである。

「将軍が来る！　ならば工藤祐経も……」

この報を耳にした箱王の喜び、一通りのものではない。祐経は将軍の寵愛第一の人。必ず、供の中にいるに違いない！

長年、兄弟は祐経を仇とみなしていても、相手は遠い鎌倉で栄華を極める重臣。これまで彼らは、仇に近づくことはおろか、姿を見たことすら一度もなかったのだ。

それが今、向こうの方からやって来るとは！

「これもきっと、この箱王の身を箱根権現が哀れと思召したがゆえに違いない！　隙あらば、見すまして一太刀――」

身は少年なりとも大胆不敵、産まれながらに剛勇の魂の箱王。あと三日、あと二日、一夜――と指折り数え、その日遅しと待ち構えていた。

そしてついにその日、将軍頼朝は箱根の山を訪れる。かつて、一介の流人に過ぎなかった頼朝も、今は朝廷から二位の位をいただき、前後をおびただしい侍どもにいかめしく守らせて儀式に臨む。供の侍、およそ三百五十。華やかにも荘厳である。

身分高い武士たちは儀式の場に星のごとく居流れ、忍びやかな念仏が響き、咳の音一つ起こらない。そんな中――箱王はひそかに御所の後ろに回り、座敷を覗き見つつ、

「敵はいずこ」

とうかがっていた。

当たり前だが、箱王は祐経の顔かたちも分からない。三百を超える武士たちを眺めつつ、誰が誰やら見当もつかなかった。そこでそっと、顔見知りの若僧、増寿坊《ぞうじゅぼう》というものに声をかけて、「氏名を教えてほしい」と頼んだ。この若僧、鎌倉との案内人なので、大抵の人を見知っている。頼られて気を良くした彼は、一人一人指差して

「あれは畠山殿、その隣は和田殿」

と、得意顔。

「あれは今や飛ぶ鳥落とす勢いの北条時政《ほうじょうときまさ》殿、またこちらのは土肥実平《どいさねひら》殿……」

あれは、あれは、と一々教えるが……どうしたことか、なかなか祐経の名に当たらない。大庭《おおば》景義《かげよし》、梶原景季《かじわらかげすえ》……すでに数十人数えたが、未だ当たらない。まさか、今回の供の中に、祐経は漏れているのでは――と、箱王が内心焦り出した時、一人の身分高そうな武士が遅れて席に着いた。若僧は「ああ」と声を上げ、箱王の袖を引いて

「ごらんなさい。あれが工藤祐経殿、御身の一門の方ですよ」

と言った。

「あれが――!」

初めて、この目に見る仇の姿。戦慄が身の内を走り、満身の血潮が沸騰するのを覚える。

「さては、あの人なのだ。まだ若い……三十一、二、くらいであろうか。さてもさても、涼しい顔して、傲慢な様子で座っていることよ。そして上座には鎌倉殿もいらっしゃる。ここで憎んでも足りぬ二人に出会ったは、まさに箱根権現のお恵み。鎌倉殿、そこでとっくりと照覧あれ。御身が寵愛していらっしゃる工藤祐経、この箱王が目の前で一刀刺してご覧に入れよう。あとはいかにもならばや――」

その時の、箱王の顔。拳を握り、牙を噛み、その瞳の中に烈々と燃える、一道の殺気。それに気づいた若僧はギョッとして言葉を失った。

「箱王殿……」

慌てて声をかけたが、箱王は聞いているのかいないのか、

「では――」

と、僧をそのまま置き去りにして、懐に短刀忍ばせると、お茶の給仕に紛れ込んで座敷へ入っていった。

じりじりと、祐経の背後へ回り、隙を狙う箱王。一歩、また一歩――祐経はまったく気付いていない。復讐の成就が秒一秒に迫る瞬間。心臓は早鐘のごとく打つ。

「八幡、護らせたまえ――今日ただ今、怨敵祐経を相見る。何とぞ本望を遂げさせたまえ！」

敵は前にあり、剣は身にあり。機を見て一撃……。

しかしここで、祐経にしばしの天運が残っていたのであろうか。いやいや、人を殺め、仇を持つ身は、寸時も心に油断がないのであろう。一体何を思ったか、祐経が突然後ろを振り返り、はたと箱王の顔に目を止めたのである。

瞬間、「アッ……」と、祐経は水を浴びせられたような顔をした。「河津三郎……、まさか……！」

五体が凍り付き、骨の髄まで震え上がったのも道理。箱王自身は父の顔をまるで覚えていなかったが、この少年の顔は、まったく父に瓜二つだったのだ。地の底から蘇ったとでもいうのか。我が手で死に追いやった男の姿が、今、目の前にある――。

ゾーッと身の毛がよだったが、さすがは曲者の祐経。気を取り直して、すぐさま側にいた僧侶に尋ねる。

「この寺に、伊東祐親の孫がいると聞いたが、いずれに?」

「ああ、それなら――」事情を知らない僧侶、何心なく教えてしまう。「あれにいる稚児。長絹《ちょうけん》の直垂《ひたたれ》に松と藤の縫い取りを着ているのが、それでございますよ。名を箱王と申しますが……」

祐経は「やはり」と頷く。「それならば――」と何事か思案し、

「あいや、箱王殿。これへ、これへ」

突然、扇を上げて差し招いた。

命を狙う相手に、逆に呼ばれるとは――。箱王は思わぬ展開に仰天するも、すぐさま「望むところ。近く寄って刺してやろう」と、ずかずかと寄っていった。

恐れげもなく席を進め、膝と膝が触れるほどに、寄れるだけ寄ってきた大胆さ。さすがの祐経も内心舌を巻いたが、それとは顔に出さない。わざとらしくうち笑いつつ、

「箱王と申すか。そなたはよく父上に似ていることよ」

と、いきなり左の手で箱王の右手をぐいとつかんだ。これには箱王もハッと顔色を変える。いくら心猛くとも、十二の少年。大の大人に利き手を取られてしまっては身動きできない。一方、祐経は温顔をつくろいつつ、右の手で箱王の髪をかき撫でかき撫で、猫なで声で言う。

「いや、まことによく似ている。瓜二つとはまさにこのこと。誰の目にも河津の子息と見分けられるぞ。ははあ、知らぬ者が馴れ馴れしく口をきくとお思いだろうが、わしは工藤祐経。え、ご存知ないか。

河津殿にとっては従兄弟に当たる者だ。……今となっては、そなたの近い親戚で、この工藤祐経ほど頼りになる者はおるまいよ。そなた、今後は祐経を後見として、不自由なことがあればなんなりと言うがよい。そなたが学問に精を出し、立派な法師となれば河津殿の何よりの供養となろう。その時は遠慮なく頼るがいい。どのようにも取りなして、別当《べっとう》の職を継がせようぞ。

そなたの兄の一萬も元服したと聞くが、貧しい曽我の家のことゆえ、馬にも困っていることであろうな。わしがお役に立とうぞ」

貧しさを嘲笑い、己の富貴を誇る仇の傲慢さ。……馬鹿にしおって——！　と、箱王はあまりの悔しさに、サッと涙がこみ上げる気がした。

祐経はなおも言葉を重ね、

「今度は、兄弟揃って、わたしの屋敷へおいでなさい。これは今日の引き出物だ。受け取るがよかろう」と言って、箱王の手に赤木の小刀を押し付ける。そして耳に口寄せ、ずっと低い声で

「よいか。いらざる他人の言葉を真に受けて、間違った考えを起こされるな。それこそ身を誤るもとになろうぞ。え？　お分かりですな？」

こう言い捨てて、そのまま立ち去ってしまった。

……これほど近くにのぞみながら、祐経はやがて将軍と共に山を下りていく。箱王はいいようにあしらわれて、手も足も出ないまま、仇を見逃すしかなかった。

「ああ……」

なすすべもなく、後ろ姿を見送って、

「無念だ。討ち漏らした……。ええ、命冥加な祐経め！」

歯を食いしばり、地団駄《じだんだ》踏んで泣きむせんだ。祐経に与えられた小刀を涙に曇る目で見下ろす。彼はこの八年後、この小刀で祐経の喉を切り破ることになるのだが――、今はただ、この小刀で我が身を切り裂きたいほど悔しかった。が――急にハタと思い当って、箱王は首を振る。

「いや、そうではない。討ち漏らしたのは、これはきっと仏のお導きであろう。仇を討つ時は兄様と共にと、固く誓っていたはずだ。誰よりも大事な兄様との約束。それを破って、何をわたしは愚かにも……」

胸中ひそかに兄に詫び、以後決して誓いを破るまいと心に決めるのだった。

……それにつけても、思い回せば回すほど、悔しさが募るのは祐経が振る舞い。以後、箱王はただ一人箱根の山々を駆け回り、武術に励むようになる。相変わらず経文など見向きもせず、立木を工藤祐経になぞらえては
「おのれ祐経、ござんなれ！」

と木刀振るい、弓を引く。仇の顔を見覚え、その仇に小手先であしらわれた屈辱。日頃の無念は十倍し、暇さえあれば林に入り、谷に下り、大岩相手の力技。禽獣《きんじゅう》を敵としての射術。生来父に似て、

骨太く丈夫な体つき。一年、二年とたつうちに、筋骨あくまで逞しく、人並み優れて猛々しい、天晴若者となったのだった。

一方――兄十郎もまた、麓《ふもと》の里で一人前の武士に成長している。これは弟と対照的に、学問に精を出し、穏やかに優しい風情。しかれども、一見温厚な面差しの中に時折光る、恐ろしいほどのまなざしの強さ。陰に陽に表情は異なれど、十郎もまた箱王と同じく、胸中深く情熱を燃やす青年であった。

時に、箱王は十七、十郎は十九の春を迎えていた。

……以上が、明治時代の講談『箱根権現に怨敵の面《かお》を識《し》る』のくだり。

かくて、どうしようもない力で引き裂かれた曽我兄弟。運と花とは、時来たらねば開かぬもので、今兄弟は、その短い生涯の、最も苦しい時期を生きている。

けれども、寸時も互いを忘れず、朝《あした》に念じ、夕べに祈る心のあわれさ、どうして一念の通じぬはずがあろうか。隔てられて六年、兄弟が再び再会を果たし、手に手を取り合って仇討ちへの歩みを開始する日は、寸前に迫っている。

## 閑話休題

# 酒、食べ物の話

曽我物語は実に生真面目で、しばしば中国の故事《こじ》を持ち出して教訓を垂れる話なのだが、（しばしばというより、ムカつくほど多い）その端々に当時の武士たちのリアルな生活が透けて見える。

読んでいて、最も気になる素朴なポイント。

――この兄弟は、毎日飲みすぎじゃないのか?ということ。

浴びるようにとはまさにこのこと！　十郎、五郎はたいそうストイックで真面目な性格のはずだが、事あるごとに飲みまくっている。日頃、彼ら兄弟は曽我と鎌倉を行ったり来たりして、祐経《すけつね》のスキを狙っているが、こうして仇討ちに励んでいない隙間時間は常に飲んでいるのではないかと思われる。いやいや、祐経を探しに行ったはずの道中、大磯でも飲んでいる描写がある。休肝日など絶対に作らないタイプ。

さらに、驚きの事実。何とこいつらは仇討ちの直前まで飲んでいた。知り合いの武士二名から、酒と肴をプレゼントされた兄弟、

「さあ、早く早く注げ。五郎、お前から飲め」

と、二人楽しくじっくり腰を据えて飲む。二か所からもらったのだから、かなりの量であったはずだ。さらにその後、飯を食いながら、またもや銚子を次々と空けてゆく。こうして散々飲んでから、

「あまり飲んで、仕損じては大変だ。これくらいでやめておこう」

と言っている。……思えば昔の人は悠長である。しかし、これほど飲みまくっても、それから一時間しないうちに見事祐経を殺害したのだから、やはり世に名を残す武士は凡人とは何かが違うのだ。

……ちょっと話は逸《そ》れるが、十郎は五郎と二人で飲む時、「五郎、お前から飲め」と盃に注いでやっている。生れた時から、死ぬまで一度も兄弟喧嘩をしたことがないという曽我兄弟。兄の弟に対する情愛が、飲みの席ですらしのばれる。

さて、彼らは死んだ時、兄は二十二歳、弟は二十歳。

「この年齢でそんなに飲むのか……」

と現代人は驚くが、当時、平安末期から鎌倉初期にかけて、アルコールをたしなむ年齢は大変早かった。

例えばこの兄弟、十郎は十三歳で元服したから、少なくとも十三から飲んでいたはず。弟五郎

はどうもハッキリしないが、十七歳の時の彼の証言によれば「父の無念を思えば、酒を飲んでも何の味もしないのです」とのこと。つまり十七歳以前から酒に親しんでいたはず。もっと言えば、仇祐経の息子は九歳で飲んでいる。

二人とも、十代からすっかり板についていたのだから、二十代でウワバミのような飲み方になったのは、まあ当然なのだろう。

さてここでお立合い。兄弟がかくも愛した鎌倉初期の酒は、いかなるものであったか?

この頃に作られていた酒は、大きく分けて二つある。「諸白《もろはく》」と「片白《かたはく》」である。諸白とは、簡単に説明すると、丁寧に精米したコメで作った透明な酒。現代の清酒に非常に近く、その味は「雑味なく、濃厚で甘い」らしい。片白は透明ではなく白濁していて、べたべたしているという印象。

透明な諸白を造っていたのは、意外や意外、酒造りの職人ではなくて、各地の大寺院であった。

平和そのものだった平安時代、酒は貴族たちが「酒造り司」という部署を設けて、そこに造らせていたのだが、保元の乱だ、平治の乱だ、源平の大合戦だと世の中がグッチャグッチャになると、「ひい、こんな物騒なところにはいられん」と、都から技術者たちが流出する。彼らが逃げていった先は、戦乱の手の届かぬ寺院。これぞまさしく駆け込み寺。

こうして、日本各地の寺院で酒が造られるようになる。

寺が酒を造っていいのか？　と思うが、当時の寺は派手に酒を造りまくり、その収入で寺院を大きく拡張。しかも自分でも大いに飲んでいた。坊主が飲酒なんてとんでもないことなのに、彼らは

「これは般若湯《はんにゃとう》という、世にもありがたい飲み物だよ。これを飲むと、悟りに至る知恵が得られるんだ」

と、堂々と言い訳。ハッキリ言って、それはただの酩酊状態で悟りではない。お釈迦様に謝ってほしいところだが、もう八百年も前の問題発言だから時効にしておこう。

ともあれ、彼らが造った酒は素晴らしい出来栄えだったらしくて、貴族たちがこぞって買い求めた。この僧侶たちが造った酒を「僧坊酒《そうぼうしゅ》」と呼ぶ。かの豊臣秀吉も愛飲して、花見に集まった人々に大盤振る舞いしたそうだ。

この酒は今でも製造されている。大阪の「天野酒」という。興味のある方は是非お試しあれ。

しかし、出来のいいものほどお値段が高いのが世の当然の理。

哀れや、生涯通じて大変貧乏だった曽我兄弟には、僧坊酒などとても手の出る代物ではない。彼らが飲んでいたのは「片白」という酒だった。

これは透明な「諸白」に対して、真っ白な濁り酒である。諸白は精米したコメから造るが、精

米技術の未熟な平安末期、庶民のコメは玄米だった。

玄米から造る酒はやたらとたくさん酒かすが出る。出来上がった酒は結構ドロドロで、アルコール度数は大したことなく、かなり甘口だったようだ。お値段も安価。現代人にとってのビールやチューハイ的な存在だったと思われる。

曽我兄弟は、とにかくこの片白が大好き。昼といわず夜といわず、酒がなくては何も始まらない。飯を食う時も、二人でペラペラおしゃべりする時でも、必ず三杯立て続けに飲んでようやく
「さあ、飯を食おうか」

と、落ち着いて食事を始めていた。


さて、せっかくなので、当時の武士たちが飲みながら何を食べていたかについても触れておこう。

いきなりだが、武士たちは大食いだ。基本的には「一日二食。朝と晩に食べる」と決まっていたが、日々武芸に励んでいる彼らが、二食で足りるわけがない。「戦の時や武芸の鍛錬をした時は、三食から五食」だったらしい。でも彼らは毎日鍛錬していたわけだから、ほぼ毎日三食、五食食べていたはずだ。

食べるものは、山盛りの玄米。これに「溜《たまり》」という醤油の原型をかけて味付けする。

おかずは煮た昆布、魚など、ささやかな煮物系が出た。地方武士はもっとラッキーで、新鮮な野菜、魚にありつくことができた。自分で狩りをして得た獲物の肉もあった。案外、彼らは大変健康的な食生活を送っている。十代から浴びるように酒を飲んでも、健康を維持できるのは、この健康食のおかげかもしれない。

それにしても――兄弟は貧乏人だったはずだが、どうやって酒代を調達していたのだろうか？いかに片白が安価だったとしても、あれほど飲んでいたら、相当な出費になったはずだ。

その調達方法を三つ考えてみた。

一、可愛がってくれるお金持ちの武士から頂戴した。彼らは北条政子の父、北条時政《ときまさ》と仲良しだ。

二、親戚が大勢いたので、親切な人々に恵んでもらった。

三、衣服に当てる金を酒代にしていた。彼らはいつも見苦しいほどボロボロの衣装を着ていたようだ。いよいよ着るものに困ると、「借りる」と言って曽我の家から着物をもらって全然返さず、最終的には死んで踏み倒した。

いずれにしても、あまり褒められたことではない。

# 単身、兄の元へ走る

## 兄十九歳・弟十七歳

さて、弟箱王《はこおう》が箱根山に入って六年。その間の兄弟の逸話は、文治四年（一一八八）（諸説あり）正月十五日に祐経《すけつね》に遭遇したことくらいで、他にはほぼ記録がない。――淡々と、ただ日を追うだけの年月、いたずらに胸を焦がし続けていたに違いない曽我兄弟。

だが六年目の秋にして、ついに再び兄弟の時間が動き出す出来事が起こる。

このエピソードは、『曽我物語』第四巻の最後に語られる屈指の名場面。とくとお聞きあれ。

箱王が十七の秋、唐突に師の僧侶が彼を呼んで言った。

「そなたも、すでに十七じゃ。曽我の母御からも、早く出家させるようにと、幾度も言われておる。今年の都での受戒《じゅかい》式に出られるがよい。明日、この寺で出家なされよ」

「エッ。明日――」

聞いて、箱王はうろたえた。

「どうしたものか……」

母は、自分を僧侶とするためにこの寺に入れたのだった。僧侶となれば、謀反人の末である者でも、長く人生を全うすることができる。そう考えて……。

しかし、彼にはどうしても譲れない思いがあった。僧侶となれば、仇討ちは果たせない。そして、兄との縁が切れる。あれほどに――あれほどに、二人で果たそうと約束したはずなのに。この世でただ一人と慕った我が兄は、きっと一人で仇討ちをはたして、そのとがめを受けて先に死んでしまうだろう。

それだけは――と膝をつかんだ。僧侶になって一人で生きる何十年よりも、兄と二人で仇討ちに果てる一日の方がはるかに重い。では、いかにするか。

「逃げよう」

考えている暇など、ありはしなかった。決断するやいなや、夜の闇に紛れて寺を抜け出し、月明りを頼りに飛び出していった。曽我へ――兄の元へ。

遠い曽我の地を目指して、箱王はがむしゃらに走った。曽我へ着いたらどうするか、何も当てはなかった。とにかく、兄に会わねばならぬ。会いさえすれば何とかなる。兄がきっと助けてくれる――。

箱根の山々は険しい。記録にいわく――「松杉《しょうさん》天を摩《ま》して、天色轉《うた》た暗く、巖石阪《がんせきさか》に横はりて、坂路益々嶮《はんろますますけ》はし」と。いくつもの峰を超え、谷を渡り、ただ一散に走る。幾度も倒れ、露に濡れ、泥にまみれつつ……。建久元年（一一九〇）、九月六日のことであった。

曽我にたどり着いた時、すでに月は傾いていた。もうすぐ日が昇る。転がるようにして、兄の住む小さな家にたどり着いた。この頃、十郎は曽我の館を出て、たった一人で暮らしていたのだ。……日陰者の身の上ゆえ、その暮らしぶりはひどく貧しいもの。これが武士の家かと憐れを催すあばら家。一頭しかいない馬は痩せ、壁からは隙間風が入る。

「兄者……。兄者人《あにじゃびと》――」

息をするのも苦しい。箱王は庭先に回り、かすれた声で絶え絶えに呼ぶ。

十郎は起きていた。聞き間違えるはずのない声に、彼は「箱王!」と叫びつつ、寝巻のまま障子を押し開いて縁側に飛び出してきた。……視線と視線が合う。「ああ!」と、どちらともなく腕を伸ばし、兄弟はひしと抱き合った。

夜々の夢に相まみえるとも、現《うつつ》にただ二人きりとなるのは、一体何年振りか。この六年、箱王が孤独をかこっていたように、十郎もまた、一人きりの虚しさをどうしようもなく過ごしていた。戸口に出ては箱根山を眺め、眠る時は同じ布団の中に弟がいないことを嘆く。ほんの時たま会える時も大勢の中。互いの心を確かめることもできず、いたずらに心を砕き、ただ相手を恋うる日々。兄弟は抱き合ったまま、互いの肩に顔をうずめて、しばし口をつく言葉もない。

「箱王――箱王、弟よ……」

十郎は涙のうちに繰り返す。武士になった自分と引き換え、可哀想な弟よとしのんでいた十郎の喜びは、言葉に尽くせない。

「よく来た……。だが、どうして――誰の許しを得て来たのだ？」

顔を上げて尋ねると、弟もまた胸が詰まり、舌がうまく動かない。

「兄者人――兄者人、会いたかった。どんなに会いたかったか……！」

ようやく息を整え、箱王は兄にすがり付き、泣き泣き訴える。

「明日、出家させられるというので逃げてきたのです。どうすればいいものか、とにかく兄者人にうかがおうと思って……」

「そうか」

十郎は箱王の汗にまみれた髪をかき撫でつつ、にっこりと笑った。

「実はわたしも今日、母上からその儀をうかがい、とにかく夜が明ければ、お前に会いに箱根山へ登ろうと考えていたところだ。お前がどうしているかと思えば、居てもたってもいられず、寝もやらず案じていた。よく来てくれた……。弟よ、箱王よ――」

自分を思いやる兄の思いを聞き、箱王もうれしさに涙ぐむ。

「兄者人、ご承知の通りわたしは坊主になどなりたくない。互いに六つと八つの頃から、共に敵の首を取る念願を果たすのだと、決して離れないと誓っていたのに……。念仏を唱えても心は落ち着かぬし、飯を食っても味がしない。わたしのように煩悩《ぼんのう》の晴れぬ者が坊主になるなど、逆に罪が深い。ですが――」

箱王はしばしためらいつつ、

「わたしのこの思いを知って、母上がどれほどお怒りなさるか……。あんなにもわたしの出家を望んでいる母上……。母上に恨まれるかと思うと、心もくじけます。兄者人、お教え下さい。わたしはこれから、どうするべきか」

長年積もった苦悩を、一気に吐き出すように語る。その一言一言を、十郎は黙って聞く。たとえ長く離れていても、十郎には弟の苦しみが手に取るように分かる。やがて語り終えた弟の肩に手を置いて、力強い口調で言うのだった。

「迷うことはない。お前は武士になるべきだ。幼い時より心に刻んできた初一念。いったん母への情に流されて出家し、その後になってから千度百度《ちたびももたび》後悔しても始まらぬ。

それに箱王よ、この兄もお前を失うことはできぬ。お前が山へ入ってしまってから、わたしは語り合う人もなく、月を見、雲を見ては、ひたすらお前のことばかり思っていた。この上お前が出家してしまっては、両の腕をもぎ取られるより辛い。

箱王よ、武士となって、兄と念願を果たそう。確かに武士になれば、周りからあれこれ言われるだろうが、そんなことは構わぬ。人は何とでも思わば思え。苦しからず。母上はお怒りなさるだろうが、いつまでも執念深く怒っておられることもなかろう。もしいつまでもお許しのない時は、その時はこの十郎が身に替えてもお許しをいただく」

……この時、すでに明け方になっていた。そろそろ人々が起き出してくる。箱王の不在に気づいて、箱根の山も大騒ぎになっているだろう。人に見られれば、無理にも箱根へ帰されるに違いない。一刻も早く！

「北条時政《ときまさ》殿を頼ろう。今日、すぐに元服の式を頼もう」

かすかに残る夜の闇に紛れて、二人は「いざや」と北条の館を目指して駆け出していったのだった。

互いに離れ、骨身をさいなむがごとき日々を送ること六年。青年となった曽我兄弟は、ついに再会を果たした。

この『箱王曽我へ下りしこと』のエピソードは曽我物語の中でも特に名高く、講談でも小説でも、非常に熱を入れて語られる。泣きながら暗夜の山道をひた走る、全身を燃やすような箱王の熱情。日頃冷静な十郎が弟を抱きながら「ひたすら和殿《わどの》をのみ恋しう思い暮らして候《そうろう》」と語る言葉も、なかなかに壮絶だ。

よく映画などでは

「箱王が山を下りたのは一一九三年、二十歳の時で、その一週間後に仇討ちを果たした」

となっているけれども——これは全十巻の曽我物語を、ムリヤリ二時間以内にまとめるための究極の圧縮なので、勘違いしないように。史実では、箱王が山を下りたのは十七歳である。

さて、いよいよ兄弟揃って武士となるために、未明の海沿いの道をひた走り、鎌倉の北条時政の館へと向かう曽我兄弟。

――北条時政。源頼朝《よりとも》の義父、北条政子の父として中世史に名高い権力者たる人物に、兄弟ごとき貧乏人がなぜ急な願い事を頼みに行ったのか――、いささか疑問に思われるだろうが、実は彼は、曽我兄弟の親戚なのである。兄弟の父河津三郎の姉を娶っており、兄弟の伯父にあたる。また、河津三郎とは親しい友人でもあった。

北条時政は、無論兄弟が頼朝に睨まれていることを百も承知であった。妻も、もうかなり以前に亡くなっているので、事実上、縁は切れたと言っていい。――けれども、心根の深い彼は、今も親戚として、そして亡き友人の忘れ形見として、変わらぬ情愛をもって兄弟を可愛がっていた。日陰者の十郎は、たびたび時政の情けにすがって仕事をもらい、その場その場を食い繋いでいたようだ。兄弟の仇討ちも、この時政の恩情なしには、到底果たすことはできなかったろう。

――この北条時政の豪奢な館で、十郎は弟の元服式を願い出、ついに二人は復讐の階段に片足を踏み入れることになる。――ここでは講談から、そのあらすじを紹介しよう。

「おお、曽我十郎殿、久しいな。急に訪ねてこられるとは、いかがした」

突然の来訪に驚くも、北条時政はニコニコと兄弟を迎え入れる。十郎は礼を尽くして頭を垂れ、

「いつもご機嫌の態《てい》を拝しまして、恐悦《きょうえつ》に存じます。今日まかり出ましたのは、祐成《すけなり》が弟の箱王。父母は法師になさんとして強いて箱根に登らせたものの、何分にも本人には出家の志はさらになく、武士にならんと山を逃れて参りました。わたくしもまた、弟を法師にするは望みませぬ。つきましては御前を烏帽子親《えぼしおや》と頼み、元服いたさせたいと存じまして、これへ召し連れて参りました。何とぞ、お聞き入れのほどをひとえにお願い申します」

「よしよし、そうであったか。箱王殿よ、これへ、これへ——」

側へ招き寄せ、箱王の顔に視線を留めた時政は、「オ……」と目を見開き、次にはニッコリと喜悦を面に表した。

「よう似ている——河津殿に。箱王殿よ、よう雄々しき姿になられたな。出家を好まず下山いたすとは、武士の子として無理ならぬ望み。この時政、自分の子として烏帽子親になり申す」

時政は兄弟の成人した姿を大いに喜び、一も二もなく元服の式を引き受けてくれる。幸いにも今日は吉日と、すぐにその場で仕度を整えてくれた。

大書院に鎧兜《よろいかぶと》、太刀、弓矢、箙《えびら》（矢を入れて背負う箱）を飾り、庭前に黒い駿馬を引いてきて、

「運も果報も、この時政にあやかりたまえ」

と、時政自ら箱王の髪を削ぎ、烏帽子をかぶらせた。そしてつくづくと立派な武者姿となった箱王を見つめると、はらはらと落涙して、十郎を振り返って語る。

「あれ見られよ、十郎殿。何と、亡き友河津三郎に似ていることか……。まるで河津殿に再び対面している心地がいたす。ああ、河津殿はあれほどの勇者でありながら、赤澤山にてあえない最期。当の仇は今を時めく勢い。目先をちらつくことの腹立たしさ。御身ら兄弟の心中も推し測られて、この時政も胸が痛む……。十郎殿、箱王殿、そなたら、父に劣らぬ良きつわものになり、仇を見返しなされよ」

時政は自分の一字を与え、曽我五郎時宗《ときむね》(注1)という名を授けた。十郎は「まことに良い名だ」と、我が事のように喜ぶ。長男でありながら、十郎などと格下の名をつけられた兄は、「弟には恥ずかしくない名を」と願っていたのである。

こうして、ここに兄弟の名は曽我十郎、五郎と揃ったのだった。

めでたくも両人武士となり、再び手を携えたこの時に乗じて、成人した二人の容貌と性格を、是非とも語っておきたい。

記録によれば、この二人、これほど似ていない兄弟も珍しいのではないかと思うほど対照的。十郎は「色白くすはやか（すらりとしている）」。生まれつき、どんなに外で運動しても日焼けしない体質だったらしい。体つきも、「父親より背丈も体格も劣っている」とあるので、細身だったと思われる。また顔立ちは近隣でも有名なほど美しかった。「花にたとへんに桜のごとく」と言われ、後に五郎が「兄者人の顔は母上によく似ている」と語っているので、女顔の美男だったのだろう。しかし、顔つきは鋭く、一度怒らせると、普段からはとても想像できない眼光をひらめかせる青年であった。後に祐経の知り合いの武士から、「顔魂《かおだましい》よき人」と評価されている。

五郎は常に顔が赤い。これまで幾度か指摘したように、父の河津に瓜二つ。背が高く、がっしりした体つき。目つきは鷹のようだった。声も「だみある太声」とあるので、野太い声だったと思われる。また、後に詳しく語るが、五郎は怪力の持ち主であった。それを考えると、五郎は兄の十郎よりも背が高く、筋骨隆々たる青年だったに違いない。

――性格は、これまた正反対。十郎は常に優しく物静か。学問好きで風雅を愛した彼は、歌や舞の名手としても知られていた。慎重派で、石橋をすみからすみまで叩くタイプ。ともすると考えすぎるきらいがあるが、しかしその芯は鋼《はがね》のごとし。非常に忍耐強く、他の武士から侮辱を受けても澄ました顔を崩さない。沈着剛毅という言葉がふさわしい。

これに対して、五郎は常に怒っているか嘆いているかのどちらか。きわめて導火線の短い男で、「いまいましい」が口癖。一度カッとなると、相手が親戚だろうと、身分高い武士であろうと、お構いなしに怒鳴りつける。しゃべっている最中にどんどん興奮しだし、太刀に手をかけたり、弓矢を引き絞

---

（注1）曽我五郎時宗……北条時政はこの時、時宗という名を与えたが、その後鎌倉幕府の歴史書『吾妻鏡』が編纂された時、執権第八代の北条時宗と同名であったため、「まぎらわしい」と五郎の名を「時致《ときむね》」に変えてしまった。

ることもたびたび。まさしく暴れ馬のような男であった。

この五郎の手綱をとれるのは、彼が心服している兄の十郎だけで、いかなる時でも兄の言葉なら素直に従うところが、五郎の可愛げのあるところだ。『曽我物語』は、すぐにいきり立って行動に出ようとする五郎、それを「待て、兄の言葉を聞け！」と引き留める十郎、というパターンが幾度も繰り返されている。


話を戻して――急な申し出にもかかわらず、盛大な式を行ってくれた時政。兄弟は頭を低くして
「何から何まで、かたじけのう存じます」

「願ってもない良い名をいただき、ありがたく御礼申し上げます」

と、厚く礼を述べる。時政も大いに喜んで賑やかに酒宴を開き、色々とご馳走してもてなしてくれた。

さて、一同に盃が巡り、興が乗ってくると、時政は五郎の立派な武者姿をつくづくと見て、

「五郎殿、そなたは体が大きく、力が強そうだ。そなたの父も大力の持ち主であった。一つ、力試しをせぬか」

と、話を持ち出した。

「あの庭に生えている松を見よ。あれは、工藤祐経が十何年か前に植えた松だ。もうだいぶ幹も太いが、あの松の枝なりとも折り取って、御身の力のほどを見せてくれぬか」

「祐経の植えた松」と聞いて、五郎はギラリと目を光らせる。

「――仇の植えた松ならば、松と言えども仇と同じ」

根が短気な五郎。聞くなり裸足のままで庭に飛び出し、がっきと松に抱きついた。

「今を盛りの常盤木《ときわぎ》も、必ず終わりはあるものぞ。思い知れや、いで！」

勇躍一番、両腕に力を込めると、やがて幹はミリミリと音を立て始めた。見守る人々はこの様子に、手に汗握り、息をするのも忘れる。松はだいぶ太かったが、五郎は怪力の持ち主。赤い顔をさらに赤くし、なおも満身の力を込めて揺すぶると、幹はしなり、地が裂け、根が持ち上がって、ついにすさまじい音を立てて倒れたのだった。

これを見た時政、まさか根から引き抜こうとは思ってもいなかったので、しばしあっけに取られて呆然としていたが、ハッと我に返ると
「おお、あっぱれ、あっぱれ！　素晴らしい大力じゃ。五郎よ、そなたは見事な武士になるであろうよ」

と、扇を開いて褒めちぎったのだった。

……北条時政のような飛ぶ鳥落とす権力者が、尾羽打ち枯らした曽我の養い子の烏帽子親になってくれる――あんまり嘘っぽい話なので「どうせ講談だから作り話だろう」と疑う人もいるが、これは史実である。

時政はかねて高慢な工藤祐経を苦々しく思い、隙あらば側近から排除してやろうと考えていた。そのような折り、十郎から「実は……」と仇討ちの志を聞いた時政、

「仇討ちが成功すれば、祐経を排除することができる。そして何より、逆境の中を生きる不憫な兄弟を助けてやれるだろう……」

と考えて、「易い願いぞ」と烏帽子親を買って出てくれたというのだ。

情け深い上に面倒見のいい時政、『曽我物語』によれば、元服の作法に従って、この後七日間も酒宴を開いてくれたんだとか。地味だった十郎の元服式とはえらい違いである。

あっという間に七日は過ぎて——、北条時政は見事な鹿毛の馬に鞍を置いて元服の贈り物とし、「これからは時政を父と思って下されよ」と二人を帰した。

……ところがこの時、曽我の家は上を下への大変な騒ぎになっていた。

それもそのはず。五郎が寺を飛び出した次の日、五郎が失踪したことを知った僧侶たちは大騒ぎ。「もしや神隠しに！」とまで心配して、とにもかくにも曽我の家に知らせた。これを聞いた、母をはじめ曽我の家の人々の驚きは一通りのものではない。

「箱王は必ず十郎を頼るはず。とにかく、十郎に聞いてみよう」

と、十郎の家に行ってみたが、こちらも姿がない。

息子が二人とも失踪し、心当たりはどこにもない。――子がいくつになろうが、幼き頃と同じに案ずるは親の情。まして父なき愛しの子。母の満江《まんこう》は飯つぶも喉を通らず、七日の間、家人を総動員して気も狂わんばかりに探していたのだった。

さて、兄弟たちが戻ってきたのは、失踪八日目の昼過ぎ。その姿を見つけた家人たちは、大騒ぎして口々に

「オオ、十郎殿！　どこへお出かけに」

「祐成殿、どこからお戻りになりました」

「これは箱王殿――いつ元服なさいました」

「方々お探し申しておりましたぞ。何はともあれ、母上様にお知らせを……」

と、すぐに母に知らせる。

「申し上げます。ただ今、十郎様が箱王様を連れてお戻りになりました」

「おお、十郎が連れて帰ったか！」

死したる者が生き返ったように喜ぶ満江。当然、箱王はちゃんと自分の言うことを聞いて出家したものと思っているから

「そうか、十郎が姿を消していたのは、弟の出家を見届けようとしてのことであったか。幼い頃より、弟思いの子であった……。それにしても、七日間も何をしていたのであろう――。して、箱王は姿を

変えて参りましたか？」

「はい、それはご立派なお姿で」

「おお、立派ですか。早く顔を見たい。さぞかし大きく、大人びたことでしょう」

てっきり頭を丸めていると思っているから、この日のために用意しておいた新品の筵《むしろ》をいそいそと用意して、五郎が部屋へ入ってくるのを今や遅しと待ち構える。

……これを知った兄弟、苦い顔を見合わせ、のろのろと奥座敷へ進んだ。無断で山を下ったあげく、勝手に元服した身の上。さすがに気まずすぎて母親の部屋に入る勇気がない。元服したこの姿を見られたら、耳がおかしくなるほど叱られるに違いない……。

武士とはいえ、まだ十九歳に十七歳。この兄弟、仇討ちするほど勇ましいくせに、母子家庭で育ったためか、どうも母親に頭が上がらないのである。

とは知らぬ満江、少しも早く我が子の姿が見たい一心。待ちきれなくなって、廊下に歩み寄って障子をピシャリと開け放った。

――と、坊主になっているはずの箱王が、武士となって目の前に立っているではないか。思わず目を疑い、次の瞬間、怒りのあまりわなわなと震えだす。

「……ああ、この愚か者め。信じられぬ。不埒《ふらち》者、不孝者め！」

と、罵詈《ばり》雑言を浴びせかけて怒鳴った。

「誰の許しを得ましたか！　これより後、子とも母とも思わぬぞ。足の向くまま、どこへなりと行ってしまうがいい」

「母上――！」

慌てて、十郎が取りなそうとしたが、「ええ、お黙り！」と母はピシャリとはねつける。怒りに乗じて、その声はますます高く、

「ああ、愚か者め！　何が良くて男（武士のこと）になどなったのだ。十郎の有様を見よ。うらやましいと思うか！　ただ一匹の馬も痩せ衰え、一人しかいない下男にも扶持《ふち》（給料）をろくに与えられず、明け暮れ見苦しいほどで、目も当てられぬ。よその家の名を借りて、曽我十郎などという情けない名になったことも悔しい。十郎でさえ、この有様。ましてやお前ごときが元服して、家来、武具、馬の用意は何とする。厚かましくも、この上曽我殿に頼るつもりか。そのようなことは、この母が断じて許しませぬぞ。

ええ、何と考えの浅い――法師の身ならば、いかなる貧乏も恥ではないが、鎌倉殿に憎まれているお前たちが武士になったところで、生涯扶持から離れた浪人者で終わるというのに。今にして思えば、十郎もお前も二人とも出家させればよかったのだ！　今日限り、未来永劫勘当します！　さっさと出て行きや！」

ピシャリと障子を閉めて、そのまま母は足音荒く奥へと駆け込んでしまった。

母は必ず怒るものとは思っていたが、まさか親子の縁まで切られるとは……。想像以上の激昂に口もきけない。――人一倍強情者でも、根は純情一途な五郎。一言もなくその場を逃げ去り、兄の家に駆け込んで泣き出した。

「お怒りは覚悟していたが……。一人きりの親に、これほど憎まれるのはやはり辛い。ああ、母上はどうしても我らの思いを分かっては下さらない……。今さら出家するなど、何としてもできないが、とはいえこの上御心配をかけ続けるのも……。兄者人、わたしはどうすればよいのか……」

座り込み、兄にすがって訴える。

「五郎――五郎、そう嘆くな」

五郎が嘆く時、慰めるのはいつも十郎の役目だった。身の大望と、親への孝と……、板ばさみに苦しむ弟の無残な胸の内を思い、その背を撫ぜてやりながら言う。

「母上のお怒りは予期していたことだ。勘当されてしまったが、いつまでもお怒りが続くわけではあるまい。この兄が一切引き受けてやる。身に替えても勘当を解いてみせるから、安心しろ。五郎、お前はもう箱根には戻らぬのだから、兄と一緒にこの家に住もう。そして一緒に仇討ちを果たそう。死ぬ時は共に屍《しかばね》をさらそう。我らは生涯離れまいぞ」

こうして、六年間離れ離れになっていた兄弟は、再び一緒に暮らすことになったのだったが……、この頃の十郎の生活、かなり苦しいものであったようだ。

母親の言葉の中にも「明け暮れ見苦しいほどで目も当てられぬ」とあったが、まさにその通り。十郎も五郎も、一人前の武士になったとはいえ、どこにも仕える先がないのだ。本人たちがいかに武勇優れ知恵があろうと、誰も雇ってくれない。

これというのも、時の将軍が執念深く伊東祐親《すけちか》を恨み、その孫まで断じて許さないため。その上、「奴らの顔を見るのも不愉快だ」と、二人が公の場に姿を現すことすら許さない。もし、うかつに顔を出そうものなら
「誰の許しを得てここへ来たか」

と、捕まって殺されてしまう。――無論、曽我太郎は将軍を怖れて、ほんの少しの領土も与えてくれない。家があるだけまだましだったが、もし北条時政が情けをかけてくれなかったら、二人とも乞食になるしかなかったろう。心無い人々からは
「曽我の養い子。扶持を離れた貧乏武士」

と、侮られる有様。

……子供の頃から言語を絶する冷遇を受けてきた二人だが、成人してからの悔しさ、惨めさは、それに倍するものであったに違いない。

彼らの仇討ちへの志は、無論工藤祐経による河津三郎殺害が直接の原因であるが、生きている限り

世に出られない、財産を持つことも許されないという、このあまりにも過酷な境遇が、二人をかくも復讐に駆り立てたのかもしれない。

――しかしそれでも、互いに半身とも頼む相手を取り戻して、貧乏を埋めて余りあるものが二人にはあった。

家の中には最低限の道具類。何冊かの本――万葉集や古今和歌集。これは、学問を好む十郎が大切にしている歌集である。それから粗末な仏壇と経文。寺で少しは念仏を覚えてきた五郎は、日々この経文を読んで亡き父の菩提を弔っているのである。十郎は五郎に頼んで経を教えてもらったので、そのうち二人揃って念仏を唱えられるようになった。

庭には多くの草花が植えられている。几帳面な十郎は日々丹念に庭の世話をしていたので、いつも季節季節の花が咲いていた。

――二人が肩寄せ合って暮らしたこの曽我の地には、今でも二人の逸話や史跡が多く残されている。十郎の逸話は優しく情緒的。対して五郎の逸話は荒々しく勇ましい。

曽我の館があったとされる城前寺《じょうぜんじ》には、「十郎の忍石《しのびいし》」と呼ばれる岩がある。笛の名手であった十郎は、この岩に腰かけて笛の澄んだ音を響かせていたという。また、この寺のすぐ近くには、「五郎の沓石《くついし》」という大きな岩がある。ある時、足の病になった五郎は倒れ伏して数日間苦しむ。普段病気とは縁のない彼、すっかり気弱になって寝込んでいたが、兄の助けでやがて起き上がれるようになっ

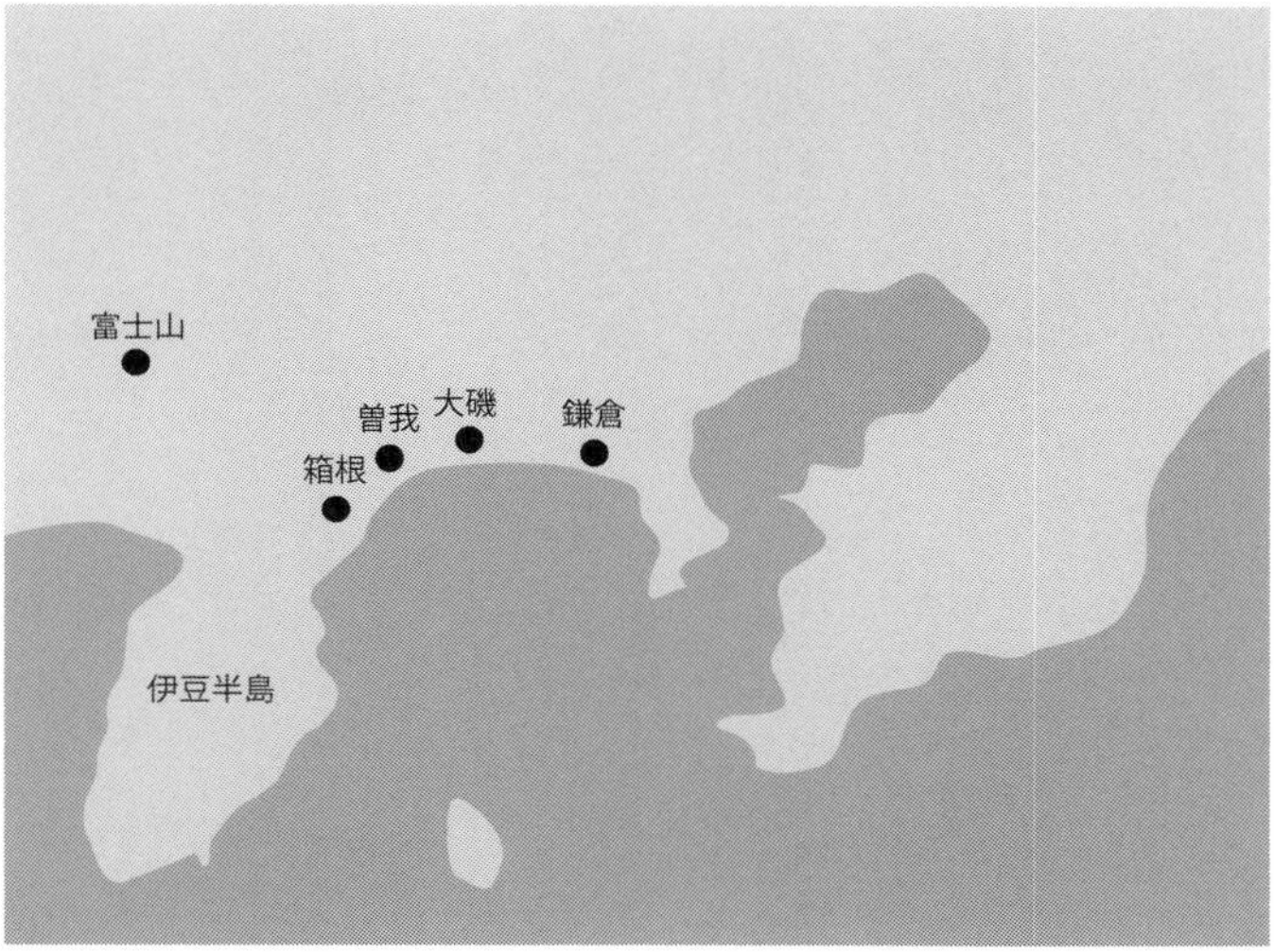


た。外へ出られるようになった時、「我が力衰えたるか」と心配になって、裸足で側にあった岩を踏みつけたところ、岩が足型にへこんでしまったという。この男、よほど岩をへこますのが得意だったらしい。今も各地にへこんだ岩が残っている。

この「五郎の沓石」、「触ると足の病が治る」と言われて、昭和の初めくらいまでは正月になるとしめ飾りが張られ、草履《ぞうり》だの草鞋《わらじ》だのが供えられたのだそうだ。現在ではそのような行事は失われてしまったが、実に惜しい。

……いずれの逸話をとっても、兄弟の性格と、二人の睦《むつ》まじさを伝えるものばかりである。

おそらく、十郎の小さな家で暮らした数年間が、兄弟にとって最も幸福な時間だったに違いない。父母や家人たちの目を気にすることもなく、二人きりで心ゆくまで語り合い、朝に晩に「我ら死ぬまで離れまい。屍をさらす時は一所にて」と手を取り合って誓い合う。土地の人々は、二人頭を並べて歩く姿を見ぬ日はなく、兄弟を「的と矢」、「身に添う影」と評判し合っていた。

片時も離れぬ二人の姿。この兄弟の絆が、他の武士たちの間にも知れ渡る事件が、ある日大磯で起きた。

この頃、十郎と五郎は鎌倉に住む工藤祐経の様子を探るべく、代わる代わる鎌倉に通うのを常としていたが――何分にも交通手段が馬しかない時代。曽我から鎌倉まではかなりの距離があるため、曽我に帰る時は途中の大磯に泊まる必要があった。

この時も、十郎がいつものように馴染みの宿屋に泊まった。……座敷に入ってから、深いため息。というのも、仇討ちをする時は「屋敷に討ち入りする」「屋敷に出入りする時に襲う」のが通常なのだが、幕府の重臣たる祐経は常に大勢の家来に囲まれて警備怠りない。とてもたった二人で討ち取れるような隙がないのだ。

ああ、こたびも不首尾に終わった――と思うと甚だ残念。けれども、明日は弟の待つ曽我に帰れる。今頃、どれほど待っているだろう、と考えると、反面うれしくもあった。

と、突然、別の座敷からやかましい騒ぎが響いてきた。名高い武士の和田義盛《わだよしもり》が、息子の朝比奈《あさひな》三郎と八十人もの家来を連れて酒盛りを始めたのである。

何しろ、戦場往来のつわもの揃い。その騒ぎといったらない。大盃を手から離さず飲み続け、大鯨《たいげい》、百川《ひゃくせん》を吸うがごとしとはまさしくこのこと。……根が粗暴な坂東《ばんどう》武者。酔いが回ってくると、中には乱暴なことを言う者もある。そのうちの一人が、「この宿屋に曽我十郎祐成が泊っている」と知って、「ならばこの座敷に呼べ」と居丈高に言い出した。

温厚な十郎は「騒ぎはごめんだ」と渋ったが、何しろ酔っ払いはしつこい。「呼んでも来ぬなら、迎えに行ってやろう」と、わざわざ十郎の座敷までやって来て引きずり出し、無理矢理酒宴の席に座らせてしまった。その上、大変な絡《から》み酒で
「時に十郎殿、かねて貴殿は笛の名手と聞き及んでおる。さらば一曲聞かせてもらいたい」

と図々しい。争いごとを好まぬ十郎はニコと微笑んで
「いや、名手とはお恥ずかしい限り。かえって興をさますようなものです」

と程よくあしらうも、

「何、自慢の芸ゆえ、我らには聞かせられぬと言うのだな」

と、誠に無礼なやり方。

「なかなか持ちまして、決してさようなわけでは……」

十郎がおとなしくしていると、連中、ますます図に乗って「舞を舞ってみよ」「歌ってみよ」と冷

やかすやら、あてこするやら。連中、

「たかの知れた曽我中村一箇荘の主、曽我太郎の養い子。貧乏武士の分際にすぎん」

と、侮っているのだ。

宿屋の者たちは、今にも喧嘩が始まるかもしれないと冷や冷やし、一触即発の雰囲気に気が気でない。何しろ、数年前までは源氏と平氏の合戦が日本中で繰り広げられ、つい最近では源義経《よしつね》が奥州で殺された時代。斬り合い、射かけ合いくらい、誰も何とも思わない。酔った勢いで殺し合いが始まる世の中だった。

「これは困ったことになった……」と、十郎は心中考える。「何とも腹立たしいが、しかしここは堪忍のしどころ。事を起こせば、日頃の念願も危うくなる。念願果たすまでは、この身は千金万玉より惜しまれる。……だが、どうやってこの場を無事に抜け出したものか」

――さて、兄が危機に陥っていたこの時、弟の五郎はどうしていたか？

ちょうどこの頃、彼は兄を待ちわびつつ、父の菩提を弔ってヘタクソな念仏を唱えていたところだった。しかし、虫が知らすとでもいうのか――不意に胸騒ぎを覚えた。父のために経を読んでいるというのに、十郎の姿ばかり思い浮かぶ。なぜか、兄がどこかで苦しんでいるような気がしてならない。

最初は気の迷いかと思って、経に集中しようとしたのだが、どうにも落ち着かない。とうとう、読みかけの経文を放り出して立ち上がった。

「どうしたことか……。なぜか、兄者人のことが気にかかってならぬ。こんなに切なく、こんなにも胸が騒ぐとはただ事ではない。兄者人に何かあったのでは……」

と、その時。大磯の噂を聞いて、五郎に知らせに来た者があった。

「大磯で喧嘩が始まりましてございます。曽我十郎殿が、大勢の武士たちに囲まれていると――!」

聞くなり、五郎はサッと顔色を変えた。

「兄者人が――!」

とっさに緋《ひ》おどしの腹巻(注2)を手早く身に着け、銅《あかがね》作りの大刀を背中十文字に背負うと、草履を履く暇も惜しんで裸足で外へ飛び出した。

「やはり兄者人の身に一大事が……。すぐに駆けつけねばならぬ! ええ、寸暇も惜しい!」

走って行っても間に合わぬと思い、近くの百姓を殴り飛ばして農耕馬をひったくる(北条時政にもらった馬はどうしたのだろうか……。ここが不明)。鞍もなく、鞭もないが、そんなことは構わぬ。畑から引っこ抜いた大根で馬の尻を力任せにひっぱたき、さながら黒つむじ風のごとき勢いで大磯へ飛んでいったのだった。

---

(注2)緋おどしの腹巻……「おどし」とは鎧に用いる緘糸《おどしいと》のことで、華やかな紅のおどしのことを、緋おどしと呼ぶ。腹巻とは、袖のない簡略な鎧のことを指す。

曽我から大磯まで、約三キロ。一心不乱に宙を飛び、宿にたどり着いて見れば、さてこそ！　門から往来にかけて馬が百頭ばかり繋いである。玄関は物の具着けた武士たちが出たり入ったり。外まで聞こえるその騒ぎは、大変なもの。

「さては兄者人が一人でいると侮って、馬鹿にしてかかったか。二人では目立つと言って、兄者人は一人で鎌倉へ行ったが――やはり一時たりとも離れているものではない！　おのれ、和田一門の蛆虫《うじむし》、芋虫、少しでも兄者人に変わったことでもあらば容赦はせぬ。この五郎が来たからには、大事な兄者人に指一本も差させはせぬぞ」

づかづかと中へ押し入り、そばを通りかかった者を捕まえて「曽我十郎はどこか！」と尋ねると、「和田殿と喧嘩が起きて……」と、オロオロと口籠る。

「さればこそ――！」

気の短い五郎はぎりぎりと牙を噛み、兄のいる座敷の廊下へ走って行った。障子一枚隔てて、うち騒ぐ声が聞こえる。その言葉が、兄を嘲って笑っているのを耳にして、柄も折れよと大刀を握りしめた。おのれ、酔っ払いの老いぼれが、ほざきおって！　次に一言でも、何事か言ってみよ。障子を踏み破って、一の太刀で和田義盛を、二の太刀で朝比奈三郎を、その他の奴らめも、何十人いるか知らぬが物の数ではない。残らず斬り捨ててくれる――と、大刀を杖のように床に突っ立て、中の様子を窺っていた。

一方、十郎は障子のすぐそばに座っていた。元来彼は「立ち騒がぬ男」だったので、何をされても言われても、風と受け止めて相手にしなかった。切れ長の目も冷ややかに、貝のごとく口を開かない。心中、ひそかに「騒ぎがいよいよ大きくなって、太刀を抜くようなことになったらどうするか」と思いを巡らせる。戦うは易いが、ただ心に懸かるは、曽我で待つ弟のこと。

「この人数で喧嘩が起きれば、とても生きては帰れぬ。命は惜しまぬが、こんな馬鹿馬鹿しいことでわたしが死んだら、五郎がいかに嘆き、恨むだろう。弟を一人残しては死ねぬ。あれに恨まれることだけはかなわぬ」

今も待っているであろう弟を思えば、さすが鉄石の心もくじけそうになる……。

と、その刹那、障子の向こうに気配を感じて、十郎はハッと顔を上げた。

「兄者人……。時宗これにあり」

声を忍ばせて、五郎が外からささやく。

その声――。万騎の味方を後ろに持つより、なお心強い……。一体、いかにして我が危難を知ったものか。いや、それを問うも愚かなこと。常にこの兄の身を一心込めて思い詰めているからであろう。

今はすっかり落ち着き払って、居住まいを正して、悠々とした心持で十郎は座っていた。

その様子を見て不審に思ったのは、和田義盛の子の朝比奈三郎。ふと見れば、十郎の向こう側の障子に夕日が差して、黒々とした影が映し出されている。

「あの太刀を持つ姿は――」

その姿格好、十郎の弟、五郎に違いない。

「五郎までここに来ては、騒ぎがいよいよ大きくなる。つまらぬ殺生沙汰をしては、この和田にとっても恥辱。ここは何とか丸く収めなければならぬ」

こう考えた朝比奈は、「喧嘩はもう終わった」と思わせるために、わざと周りの武士たちに「君が代は、千代に八千代にさざれ石の、巌《いわお》となりて……」と賑やかに謡わせ、舞いながら大股に歩いていって障子をガラリと開けた。はたして、そこには五郎が怒りの顔色を隠しもせずに立っている。

「やあ、ここにも客人がおられる。五郎殿よ、そなたもこちらへ入って一緒に飲むがよい。いざいざ、これへ」

わざと、おどけた調子で誘い込もうとする朝比奈三郎。しかし、五郎は兄が散々嘲られていたことを知っているので、まったく許す気がない。四尺六寸（約一メートル半）の大刀を突っ立て、肩そびやかし、眼は爛々と燃えるその様は、仁王が眼前に立ったかと思うばかり。

一言も口をきかず、踏みはだかって、ただ睨みつけるばかりの五郎。朝比奈は腕をつかんで引き入れようとしたが、五郎はいっかな入ろうとしない。「面倒だ」と思った朝比奈は、無理矢理にでも座敷へ引きずり込み、仲直りさせてしまえと考えて、五郎の草摺《くさずり》（鎧の下の部分）つかんで、力任せに引っ張った。

が、五郎はびくとも動かない。千引《ちびき》の岩か、雲突く大木か――朝比奈は内心冷や汗をかいた。実は、この朝比奈という男も大力で評判の男なのである。その自分が引っ張れば、苦もなく座敷に連れ込むことができるだろうと考えていた。ところが、相手は根が生えたように動かない。かえって、引っ張り込めるものなら見事やってみせよと言わぬばかり。

躍起《やっき》になった朝比奈、とうとう「えいや、えいや」と満身の力を込めて草摺を引っ張りだした。両手でしがみつき、顔はほおずきのように赤くなる。一方の五郎は、足を踏ん張ったまま、びくともしない。眼は錐《きり》のごとく、朝比奈を嘲笑いつつ、相変わらず一言もきかなかった。

並みいる一同もこれに気付くと

「やや、力比べだ！」

「なまなかな歌や踊りよりこちらの方がよいわ」

「時にとっての良い肴ぞ」

と、身を乗り出して見つめている。

こうなると、どちらも負けられない。引く腕、堪える足。やがて、ミリミリッと音がしたかと思うと、とうとう草摺がぶっつり切れて、朝比奈が後ろへどうと倒れてしまった。

座敷の者たちは、わあっと歓声を上げて褒め囃《はや》す。

「あっぱれ、あっぱれ！　五郎の勝ちだ！」

「引くも引いたり、堪えたるも堪えたり！」

ドッとばかりの大喝采。敗れた朝比奈三郎は「御無礼いたした。まずは一献」と盃を差す。元より五郎は遠慮がないから

「やあ、かたじけない。では」

と、グイグイと底なしに飲んだのだった。

――この事件で五郎の大力は世に名高くなり、そしてまた一部始終を見ていた和田義盛は、一心同体の兄弟に感動したのだった。

「まことや、彼ら兄弟は、兄が座敷にある時は、弟が後ろに立ち添い、弟が座敷にある時は、兄が後ろにあるものを……。これほど信じ合い、慕い合う兄弟はまたとあるまい。また、じっと侮辱を堪えた十郎の沈勇。五郎の剛勇。並ぶものなき、あっぱれな若者。義盛、感嘆いたしたぞ……」

……かかる再会を果たし、骨肉の情をさらに深くした兄弟は、かくのごとくにして二身一体の姿を再び我々の前に現す。

以上の『箱王の元服』から『朝比奈と五郎の力比べ』のうち、『和田義盛との酒宴』のエピソードには、『力比べ』が入っていない物語も存在する。

「十郎が和田義盛と大磯の宿屋で酒盛りをしていた時、義盛が『五郎殿はいかがした。どこかへ出か

けているのか』と尋ねると、十郎が『いいえ』と微笑み、すぐさま五郎が『ここに』と障子を開けて入ってきた。義盛は片時も離れぬ兄弟に感激した」

という内容。これは最も古い写本の中のエピソードなので、史実ではこのようであったかもしれない。……長い離別の末に再会し、的と矢、身と影のごとく連れそう二人の兄弟。この二人の姿は、読む人を酔わしめずにおかない。

この日本には、星の数ほどの仇討ち物語があるが、その中でも曽我兄弟が特に「日本三大仇討ち」の一つに数えられる理由は、まさにこの比べるものなき兄弟愛にある。物語の種類こそ「仇討ちもの」に分類されるが、ストーリーの主旨は、この十郎と五郎の断ち切れぬ絆にあると言っても過言でない。世に断金《だんきん》の契りという言葉があるけれども、まさしくこの兄弟の絆こそ、石や鋼をもってしても切れることはあるまい。

曽我十郎祐成、同じく五郎時宗。ついに両者名も揃い、この後彼らは本格的に仇討ちを行動に移していくことになる。いよいよ物語も本筋に入るわけであるが、それはまた次回にお譲りしましょう。

## 歌舞伎の話

矢の根

鎌倉時代から国民のヒーローだった曽我兄弟。当然、物語やら絵画やら、果ては兄弟を祀っている神社のパワースポット巡りまで人々の人気を集めていたのだが、江戸時代になると、この「曽我人気」に、それまでとは比べ物にならないほどの火が付いた。

歌舞伎の神様と名高い、初代市川團十郎《だんじゅうろう》が『曽我』を歌舞伎に取り入れたのだ。

歌舞伎といえば、顔に真っ赤なくま取りをして、クワッと見得を切る荒々しい役と、顔中を白塗りにして大人しく振舞う優しい役の対照が見どころ。荒々しい役を「荒事《あらごと》」、優しい役を「和事《わごと》」というが——初代團十郎は、この「荒事」を初めて作り出した大天才。このアイディアは歌舞伎の歴史に革命を起こすほどの出来事であった。そして團十郎は「荒事」を演じる上で、曽我五郎役で大当たりを博したのである。

さすがに、「曽我」を選んだ團十郎の目の付け所は鋭い。ご存知の通り、兄弟の性格はまったく対照的。優しい十郎、きつい五郎。「和事」と「荒事」の魅力を際立たせるに、曽我兄弟ほどピッタリのキャラクターはなかったのだ。

團十郎の狙い通り、『曽我』は江戸庶民の熱狂的な喝采で迎えられる。あまりにも人気が出すぎて、兄弟をベースにした新作がゾロゾロと発生。江戸三座（中村座、市村座、森田座）で『曽我』でバトルをするという競演が行われ、新春（正月）には『曽我』を演じるべしという掟まで作られる。

新春のおめでたい気分で演じられる曽我ものの人気は凄まじい。ロングランしすぎて、五月の末まで延々と演じられた。よくもまあ、飽きもせず続けたものだが、五月二十八日は「兄弟が仇討ちを果たした日」ということで、観客の熱狂は最高潮に……。終演後、役者も観客も街に繰り出し、酒宴を開くやらお祭り騒ぎになるやら、そりゃもうえらい騒ぎだったらしく、幕府はたびたび「贅沢禁止」と取り締まったが、江戸っ子は完全無視していたという。

さて、このように大人気だった歌舞伎の曽我物語。いったいいかなる舞台であるか、皆さん気になることだろうが——実は、歌舞伎の『曽我』は、原作の曽我物語とはかなり違う話が多い。なぜか兄弟が江戸時代の吉原で働いてたり、なぜか五郎が漢方薬を売る薬屋さんになってたり……。

これには訳がある。江戸時代、人々の間で『曽我物語』といえば、三歳児ですらペラペラと内容を話せるほどメジャーな話だった。だから、曽我物語をそのまま演じても全然目新しさがない。いついかなる時代でも、消費者のニーズに応える工夫が大事。

「もっと兄弟の別の話が見たい！」

「これは見飽きた！　新作がほしい！」

という、観客たちの切実な要望……。そこで、歌舞伎では『曽我』をベースに次々と新しい話を創造し、新作として演じたのである。今で言えば、二次創作を楽しんでいたわけだ。楽しんだりも楽しんだり。ざっと二〇〇種類も二次創作を作ったというから驚きである。


さてその中でも、特に正月用に愛された物語がある。『矢の根』というタイトル。今回はその物語を紹介しよう。


時は鎌倉時代（このあたり、二次創作としてはマトモ）――母親に勘当されて、兄、十郎の小さな家に移り住んだ五郎時宗《ときむね》は、正月の朝に一人で留守番していた。十郎はどこかに外出中。留守番しながら一人で何をしていたかというと、常に勇ましく、常に怒っている彼のこと。仁王襷《だすき》を締めて、矢じりをシャーコシャーコと研ぎながら、

「おのれ、工藤祐経《すけつね》。この矢で貴様の首を射抜いてやるぞ」

と張り切っていたのだ。

この、五郎が研いでいる矢。普通のサイズでは、遠い客席から見ると何をやっているのか分からないので、歌舞伎では人間サイズの馬鹿でかい矢を、座布団サイズの砥石で研いでいる。……

こんなに巨大な矢では、すでに矢ではなくて槍じゃあないかと疑問がわくのだが――それは歌舞伎なのでどうでもいいのだ！　突っ込み禁止のこと。

さて、五郎は恨みつらみをブツブツ唱えながら、矢じりを研ぎまくっていたのだが、ここいらで休憩しようと思って煙管《きせる》を取り出し、ちょっと一服。

鎌倉時代にタバコは存在しないのだが、これも歌舞伎なので突っ込み禁止。五郎がもしタバコを知っていたら、あの性格では間違いなくヘビースモーカーになっていたに違いないので、広い心で見てあげねばなるまい。

年始の挨拶に客人が訪れる。

「あけましておめでとうございます、五郎さん。これはお年玉です」

と、七福神の宝船の絵をプレゼント。喜んで受け取った五郎、この絵を見て何を思いついたかというと、

「こりゃ、いいものをもらった！　この絵を枕にして、祐経の首を引っこ抜く初夢でも見よう」

と、実に物騒な発想。宝船の絵を床に敷き、その上に枕代わりに砥石を置いて、ごろりと横になると大の字になって寝てしまった。

まだ十代の彼、一瞬で眠りに落ちる。ぐうぐう鼾《いびき》をかいていたのだが――その夢に、忘れもしない兄の姿。

しかし、兄十郎のその顔――まるで幽霊のように蒼白となり、髪は乱れて、物悲しい声。

「五郎――五郎よ」

と、枕上に立って弟を呼ぶ。

「五郎、弟よ、すぐに来てくれ。わたしは今、工藤祐経に捕らえられている。このままでは……。五郎よ、お前を信じている。わたしを救いに来てくれ……」

苦しい夢。息詰まるほどの辛さ――。

「兄様《あにさま》……兄様！」

手を伸ばし、その腕を捕らえようとした刹那、消えてしまった兄の姿。

「待て、兄様！」

飛び起きた五郎だったが、すでに兄の姿はそこにない。

「今のは夢であったのか……。しかし――しかし……」

とても、ただの夢とは思えぬ。あの白い顔、苦しげな息、わたしを呼ぶあの声――。

「兄様がわたしを呼んでいる！　兄様が危機に陥っているのだ。すぐに行かねば！」

五郎は決断すると速い。すぐさま家を飛び出し、ちょうどそこに、馬子の畑右衛門《はたえもん》が大根を背負った裸馬を曳いているのを見つける。

「馬をよこせ！　すぐだ！」

驚いた畑右衛門は無論断るが、五郎は急いでいる。兄の命がかかっている。構ってなどいられない。

「ええい、許せ！　兄のためだ！」

畑右衛門を殴り飛ばすと、馬をかっぱらい、大根を鞭代わりにして兄の元へ走るのだった。

以上が、正月の恒例演目『矢の根』のあらすじである。

読めば一目瞭然だと思うが、これは「十郎が大磯で和田義盛《よしもり》の郎等たちに喧嘩を吹っかけられ、五郎が助けに駆けつけた」という、曽我物語のエピソードに手を加えたもの。

十郎の危機を五郎が虫の知らせで察知したこと、五郎が裸馬に乗って大磯へ急いだことなどは、曽我物語そのまま。異なるのは、十郎が「仇の祐経に捕らえられている」という点。

史実では、まあ絶対にないだろうというシチュエーションなのだが、わたしはこの無理矢理な設定が実に好きだ。

和田の郎等に囚われの十郎、救いに行く五郎、というくだりは、曽我物語の中でも特に二人の兄弟愛が光る場面である。この芝居では、十郎を捕らえているのを大悪党の祐経に変えることで、さらなる緊迫感を産み出し、兄弟と祐経の間の因縁の深さを際立たせている。小説や映画などではまずできない、一幕で終わる歌舞伎だからこそ可能だった設定だ。

この後、馬にまたがった五郎は、花道を颯爽と疾駆して客席を去るのだが、その姿はまさに威風堂々。馬を奪われた馬子の騒ぎや、鞍のない馬、鞭の代わりの大根など、五郎の目には何一つ入らない。兄への愛に全身を燃やし、なりふり構わぬ五郎は、正月の演目にひときわの華やかさである。

さて、五郎はこの後、十郎を助け出すことができたのか？　祐経の館ではどのような騒動が巻き起こったのか？　いろいろ細かい現代人は気にしてしまうところではあるが、歌舞伎の世界では、この後の出来事はまるっきり無視。そもそも、十郎が祐経に捕まった理由も完全無視。誰もそんなことは考えないという、思えばすごい世界なのだ。

曽我ものの芝居は、どれもこれも結構短くて、このように一幕であっという間（上演時間三十分）に終わってしまう話がかなりある。例えばこの『矢の根』のように、「兄様よ。今、五郎が参る！」とひた走る五郎の激情に観客が共感し、拍手喝さいを送り、その熱狂の中に終わる――という、いわば「瞬間の芝居」なのである。

その瞬間の緊迫感と情熱に酔いしれる。後先かまわぬ江戸っ子の粋。それが、歌舞伎の醍醐味なのである。

## 兄弟、身内に裏切られる　兄二十歳・弟十八歳

鎌倉と曽我の間を行ったり来たりし、仇の祐経《すけつね》の様子を窺う日々の中で、十郎には深い悩みがあった。

「祐経は鎌倉殿の寵臣。館を出る時も、常に五十騎、八十騎の家臣に囲まれて、まったく隙がない。命を捨てる気で攻めかかろうとも、多勢の中にわずかに二人。祐経に一太刀すら浴びせることもできずに、臍《ほぞ》を噛むのがおちだ――」

老少不定《ろうしょうふじょう》の世の中。このまま機会を狙っているうちに、自分たちよりはるかに年上の祐経が病死でもしてしまったら、目も当てられぬ。どうすればよいものか……。

五郎の方は、「命を捨てる覚悟があれば何とかなる」と、まったく楽観的な質なので、「だからいつも言っているじゃありませんか。くよくよ考えていたって始まらん。道端で襲うなり、館に殴り込むなりすればいい。祐経だっていつ病死するか分からんし、我々も明日死ぬかもしれん。祐経より先に死んだら、とても成仏できない。兄者人、さっさと決めて下さい」

と、しきりにわめくけれども――慎重の上にも慎重を期す十郎は、「一度敗れれば二度とやり直しはきかぬ。軽はずみな真似はできぬ」とあらゆる方法を考える。熟慮の末、ある日五郎に相談する。

「どうだろう、もう一人、人数を加えようと考えているのだが」

聞かれて、五郎はあからさまに嫌な顔をした。

「誰です、それは」

「京の小次郎だ。あの人は身内であるし、力を貸してくれると思うが」

この「京の小次郎」という人物、物語には唐突に出てきたが、兄弟にとって父親違いの兄にあたる。実は満江《まんこう》にとって、兄弟の父河津三郎は二度目の夫だった。一度目の結婚は大変不幸であったらしく、一男一女を儲けるも離別（ムリヤリ引き離された）。その時の息子が「京の小次郎」であり、兄弟とも顔なじみの仲である。

しかし、この十郎の言葉を聞いた五郎は顔を背けて
「兄者人、奴は信用できませんね」

とつっけんどんに言った。この男、常に直感と反射神経だけでものを言うが、その直感がなかなかに鋭い。

「確かに兄弟ですが、父親が違います。縁もゆかりもない奴が、力を貸してくれるとは思えませんね。大体、わたしは奴が嫌いだ。義心もなければ侠気もない。臆病未練な男ですよ」

「だが五郎、それではどうやって祐経に近づく気だ。幸い、小次郎殿は祐経と付き合いがある。あの人に頼んで、手引きしてもらうのが上策だろう」

五郎はなおも不平をこぼしたが、さりとて他に策も頼れる人物も思い浮かばない。不承不承兄に従い、結局小次郎を呼び出して相談することにした。

かくして、突然に兄弟から「話がある」と呼び出された小次郎。この人物が、どのような性格の持ち主であったか――『曽我物語』にも詳しい記載はないのだが、「その心は兄弟と比べて雪と墨」「面《かお》も心も異なる」とあるので、曽我兄弟とはまったく真逆の性格、小利口で損得勘定で動くタイプだったと思われる。

――さて、この異父兄に相談を持ちかける曽我兄弟だが、五郎の直感は不幸にも的中することになる。このくだり、曽我物語に詳しいので、ここから紹介したい。

小次郎を招き寄せた兄弟。人を遠ざけて一室に籠り、十郎が声を潜めて語る。五郎はその後ろに控えていた。

「言うまでもなくこれは一期の大事。父は違えど一つ腹の兄弟ゆえ、そこもとを信じて打ち明ける。我らの心中をお察しの上、どうか貴殿にも力添えを願いたいと……」

仇討ちの計画を、こんこんと折り入って話したが、その言葉が終わらぬうちに、小次郎は

「十郎殿！　何ということを仰せられる」

と、慌てて手を振って遮った。

「まったく怪しからんことを言い出すものだ、あなた方は……。よろしいか、もはや昔とは違うのだ。仇討ちなどもっての外の重罪ですぞ。

よくよく考えてからものを言うのですな。時代遅れのたわ言ですぞ、そんなことは。鎌倉殿の世となってからは、一人でも殺せば、必ず罰を受けるのです。西へ行こうが北へ行こうが、果ては東南の果てへ逃げようとも、捕らえられて辱めを受けることは必定なのだ。

……こんなことは、誰でも知っていることだというのに。だから当世、たとえ真っ当な理由があろうが、いかな恨みがあろうが、殺して恨みを晴らそうなどと馬鹿な真似をする者はいない。たとえ殺しても、自分が殺されては何にもなりませんからな。

分かりますか、ええ？　復讐するなど、昔は剛の者と言ったろうが、今では愚か者と呼ぶのですよ。それでも諦められん、悔しくてならんと、まだ未練がましく言うのなら、せいぜいお上に申して訴訟するのですな。まあ、あんた方の身分ではどうにもならんでしょうが……。

……第一、あれほど鎌倉殿のお気に入りの祐経を、あなた方のような貧乏武士の分際で討とうなどとは片腹痛い。まったく正気とも思えぬ。止《や》ね、止《み》ね」

悪しざまに言うだけ言って、冷ややかに笑いつつ席を立ってしまった。

残された兄弟は、しばし呆然として、その後姿を見つめる……。

かつて兄弟が子供の頃――「今や仇討ちは罪とされたのだ。考えているだけでおとがめを受ける」と、母から叱責されたことがある。今度は、親戚の者から同じ言葉を投げつけられたわけだった。

小次郎の姿が障子の向こうに消えてしまうと、それまで十郎の後ろでひかえていた五郎が、

「馬鹿にしおって……言わせておけば！」

と、ぎりぎりと歯噛みしていきり立った。

「訴訟しろだと？　ほざきおって、臆病者が！　所領だの、荘園《しょうえん》だのの問題なら訴訟するだろうさ。問題はそんなことじゃない！　親が殺されたのに、役人任せにする奴がどこにいる！　ああ、あんな臆病者に、これほどの大事を打ち明けたとは、かえすがえすもいまいましい！　兄者人、だから奴は信用ならんと言ったじゃないか。畜生、いまいましい。いまいましい」

口癖の「いまいましい」を連発して悔しがる。太刀に手をかけ、足踏み鳴らして

「エエッ！　この分にはおかぬ。目にもの見せてくれん」

と、血相変えて躍り出ようとした。

「五郎ッ、待て五郎――どこへ行く気だ」

十郎はハッとして弟の袖をつかんで止めようとする。だが五郎はその手を振り切って

「知れたことよ。すぐ追いかけて、奴の細首を斬ってくれる。今なら、我々の仕業とは誰にも分かりっこない」

と、恐ろしい形相。十郎が「よく考えろ。落ち着け」と繰り返しても

「あんな馬鹿者を放っておけるか！」

と牙をむいていきり立つ。五郎は一回怒りだしたら歯止めがきかない。

「兄者人、奴を野放しにしておけば、必ず後悔しますぞ。あのいまいましい痴れ者は、酒を三杯飲めば何をしゃべりだすか分からん。ここは五郎に任せて下さい。すぐに、何もしゃべれぬようにしてやる」

「待て――待たんか、五郎。罪なき者を斬ってはならんぞ。ましてや小次郎は我らの兄。弟の身で兄を殺すほど罪深いことがあるか！」

十郎は殺気立つ弟の袖を引いて制止する。五郎はそれでも首を振って、

「違う、兄者人！　奴が罪を犯してからでは遅い！　奴はきっと今の話を、他の連中にベラベラしゃべるに違いない。あっちでもこっちでも噂になって、曽我殿にも母上にも、そのうち祐経や鎌倉殿の耳にも入るに違いない。そうしたら、いよいよもって我らの身の破滅。あっという間に死罪にされてしまう。死んでから後悔したって始まらん！　奴の口をふさぐには殺すしかない。有罪だろうが、無罪だろうが、構うものか。血祭りにあげてやる」

「落ち着け！　兄の言葉を聞け。小次郎も、よもや兄弟の我々の身が危うくなるような真似はすまい。身内の者が謀反を企てていると、しゃべり散らすほど馬鹿ではない。いいか、わたしが追って行って口止めしてくるから……」

必死に五郎を押し留め、十郎は部屋から飛び出して小次郎を呼んだ。

「待て、しばし。今一言」

小次郎は今しも帰ろうとするところだったが、十郎はその肩をぐいとつかんで、にこやかな顔で言った。

「兄御前《あにごぜ》、先ほど言ったことはすべて冗談です。お分かりですな？　兄御前の心を試したまで。さすがに兄御前の賢さ、まことに感心いたしました。ただし――」

冗談めいた口調で言いつつ、ふっと声を低くする。

「今日わたくしが言ったことは、他言無用ですぞ。かまえて他人には漏らし給うな。もし、よそでこのことが知られたら、いかなる場合であれ、あなたの仕業と考えますぞ。その時は――」

普段は大人しく温厚な十郎だが、一たび心を定めると、ぞっとするような気迫をまなざしにみなぎらせる。左手で小次郎の肩をぐいとつかみ、右手で太刀を握りしめつつ、

「その時は、我らの恨みを買ったと考えなされ」

と、不気味なほど淡々とした声で付け加えた。小心者の小次郎は、背筋に氷を当てられる思い。

「それはもう……。言うまでもない。もちろん……」

と、口外しないことを約束して別れたのだった。

……以上、曽我物語『小次郎かたらひえざること』。親戚の口から、「お前たちごとき貧乏武士」「身の程知らず」と罵られ、卑しめられた兄弟の心の内。推し測られて哀れである。長くなるのでここでは割愛したが、兄弟はもう一人協力を求め、その時はあろうことか、

「兄弟が謀反を起こす前に、奴らの息の根を止めた方がいい」

と、もう少しで鎌倉へ報告されそうになったりする。

血の繋がりのある者たちでさえ、この有様。浅ましき人々、汚泥《おでい》のごとき世間。まこと、人の心ほど当てにならぬものはなく、何の力もない兄弟たちには、生きることさえ難しい世の中である。

さて、申し出を断られただけでも苦々しいことであったが、この後、さらに追い打ちをかける事態が起こる。

――兄に制止されて太刀を収めたとはいえ、五郎はまったく面白くない。「血を分けた兄を殺すな」と十郎に再三諫められても、「あんな馬鹿は兄じゃない」とブツブツと不平を吐いて、

「まったく兄者人はお人好しだ。あんな人の姿をした犬畜生を野放しにするなんて……。大体、貧乏人で謀反人の我々に誰が味方してくれるものか。わたしは兄者人の他は誰も信用しませんぞ。……そもそも、奴は武士にも似合わず口の軽い奴だ。口止めしたとはいえ、そんな約束を奴が守るかどうか知れたもんじゃない。なあ、兄者人」

……五郎は理屈でものを考える人間ではないだけに、その直感は外れることがない。まこと、臆病者とはどうしようもないもの。あれほど十郎に口止めされた小次郎であったが、兄弟と別れたそのとたん、

「もし、あの二人が本当に仇討ちをしたとしたら……。これは恐ろしいことだ。成功しようがしまいが、親類縁者が厳しくおとがめを受けることは疑いない。当然わたしも、どのような罰を受けることか……。鎌倉殿に睨まれたら、この首が危ない」

たちまち恐ろしくなり、兄弟との約束を破って、母の満江に秘密を洩らしてしまったのだ。

「いかがでしょう、母上（小次郎にとっても満江は母に当たる）……。兄弟が仇討ちに踏み切ったら、この曽我の家も無事にはすみませぬ。どうか母上から二人に話して、何とか思い留まらせて下さいませ」

これを聞いた満江、みるみる紙より白くなって、

「わ、分かりました。感謝しますよ、小次郎……。わたくしがきっと説得しましょう」

小次郎に礼を述べるのもそこそこに、すぐに十郎の元へ使いをよこしたのだった。

その頃——小次郎に断られた挙句、愚か者呼ばわりされて鬱々としていた兄弟。突然に母から曽我の家に来るように言われて、十郎は「何事か」と五郎を振り向く。

「珍しいことだ。母上がわたしに会いたいなどと……。曽我殿に遠慮なさって、滅多に口もきかない

のに」

「ふん、決まっているじゃありませんか」と、五郎は不満の面持ちを隠さない。「どうせ、あの馬鹿が母上に告げ口したんです。まったくいまいましいことだ」

十郎も内心不安を覚えていたが、それとは顔に出さず

「まさか——そんなことはあるまい」

と、わざとさあらぬ態で出て行った。

急いで曽我の家へ訪れると、母は侍女たちに「そち等《ら》はしばらく遠慮せよ」と下がらせて、何やらただならぬ様子。

「祐成《すけなり》、前へ来なされ」

キッとかたちを改めると

「十郎や、聞くことがあります。親というものは父ばかりか。そなた、母は親とは思って下さらぬのか」

「エ——」

日頃弁の立つ十郎も、この皮肉にはとっさに答えることができない。白い顔を赤らめて、ただうなだれるばかり。

「祐成、そなたら兄弟は、未だに亡き父の仇討ちを企んでいるとのこと。これまでわたくしは、再三、大それた企てはやめるように言ってきたはず……。先つ日、箱王《はこおう》が元服した折に勘当いたしたのも、

別に武士となったことが憎いのではない。これは仇討ちを諦めておらぬと察したからこそなのですよ」

聞きながら、十郎は心の内で舌打ちする。さては――小次郎が告げ口したからに相違ない。兄とはいえ見下げ果てた奴。五郎はあの時「殺すべきだ」と言っていたが、やはり止めなければよかったか……。

……十郎はいかなる時も本心を面に出さない。この時も内心の怒りを顔色に現わさずに、じっと黙っていたのだが――さすがに母は、我が子の性格が分かっている。十郎が何も言わない時は、何か後ろ暗い思いがあるからだと察した。

「十郎や、お聞き」

母はずいと膝を進めて叱責した。

「河津殿が殺された時、そなたは五つでありましたな。わたくしはあの時、きっと仇を取って下されとそなたにお頼みした。そなたは必ず果たすと約束したが、あの約束をそなたはまだ覚えていて、このようなことを思い立ったのですか。

十郎や、もしそうであるのなら、そんな恐ろしいことはきっぱり諦めておくれ。わたくしは、今となっては仇を取ってもらいたいとは思いませぬ。そなたらが十一と九つの時、由比ガ浜《ゆいがはま》にて命が危なくなった時の哀しさを、母は忘れようにも忘れられませぬ。ましてやこれほどに成人したそなたらを失ったら、どうして生きていけよう」

母は二人の命を思って、こんこんと言い聞かせる。十郎はもともと、孝心深い性格。いたたまれず、まともに母の顔を見られない。

無言のままの十郎に向かって、母はさらに続けて訴えた。

「よろしいか。今の世が、あの時のままであったなら、そなたらは見事祐経の首を取り、わたくしも喜ぶことができたろう。しかし、今はもうそんなことは望めないのですよ。どの国にも守護人が置かれ、厳しく罪人を取り締まる恐ろしい世の中。津軽、壱岐、対馬、佐渡までどこへ逃げようが、逃げおおせるものではない。必ず捕らえられ、首をはねられてしまうのですよ。

十郎や、そなた、この母にそなたの死を見せるおつもりか。親に子の葬儀をさせるおつもりか。河津殿だけが親ではないはず。この母もそなたの親ですぞ。この上、悲しみを重ねてくれるな。どうしてもと言うのなら、この母が死んでからおやりなさい」

十郎は下を向いたまま顔を上げなかった。「自分より先に死んでくれるな」という親の言葉は、さすがに胸にこたえるものがあった。しかし、本心を悟られてはならない。

「思いがけぬ言葉をうかがいますな……」

ようやく、かすれた声で答える。

「母上、我ら兄弟が、さような大事を企てているとは、おそらく京の小次郎が申し上げたのでございましょうな?」

「いかにも、祐成。でも十郎や、小次郎は御身らの身の安全を案じて、わたくしに話してくれたのですよ。きっとお恨みなさるな。断じて他人には口外せぬと、紙に書いて誓ってくれたのですからね」

十郎は「ハハ……」と笑いに紛らわせて、

「わたしのごとき貧乏人が、そんな大それた企てを思い立ちましょうか。よくお考え下され。小次郎は、わたしが冗談で言ったことを大真面目に受け取っただけです……」

どうにかその場を取り繕って、逃げるようにしてその場を立ち去ったのだった。

一方、五郎は十郎を待ちかねて、狭い家中をうろうろと歩き回っていた。勘当されているので、曽我の家に入れないのだ。

この男、剛力無双の荒武者として名をはせているが、その反面、ほんのちょっとも兄と離れているのが寂しくてならないという、大変に子供じみたところがあった。こんな風に一人で留守番させられると、たちまち落ち着きを失くしてしまう。

堪《こら》え性のない彼、「遅い、遅い」と不平をこぼし、やがて十郎が曽我の家から帰ってくると大喜びで出迎える。

しかし、十郎の顔色は甚《はなは》だ暗かった。十郎は五郎を座らせ、母の言葉をしかじかと語って聞かせる。

五郎は腕を組みつつ、黙って聞いていたが、やがてペッと唾を吐いて、

「ほら、ご覧なさい。母上にバレてしまった。あの時、殺しておけばよかったのに、まったくいまいましいことだ。兄者人、よく分かったでしょうが。今回は母上だからよかったが、奴はおしゃべりで思慮がない。他の人間にバラされてからでは、取り返しがつきませんぞ。今からでも遅くない。すぐに殺しに行きましょう」

「五郎――」と、十郎は顔を上げて「確かにお前の言う通りだ。あんな臆病者に知らせたのはわたしの短慮だ。だが、小次郎を害することは許さんぞ。身内だからというだけではない、大事の前の小事、騒ぎを起こして身を危うくするなと言うのだ」

こう言われては、五郎も引き下がるしかない。

「さまで兄者人が言われるなら……」

と、しぶしぶ承諾した。

十郎は内心、母が自分たちの決意に反対すること、親子でありながら分かり合えないことを悲しんでいた。

身を慎み、命を長らえろと母は言うが――長らえたとて生涯仕える先もなく、自分たちには何の未来もないものを……。

頼みにしていた親戚から協力を断られ、今また実の母からも理解が得られなかった曽我兄弟。十郎と五郎は、いよいよこの世に二人きりである――。

「仇討ちを知らせたこと自体が間違いだったんです」

と、普段十郎に逆らったことのない五郎が、珍しく十郎を責める。彼はそもそも、「自分たち兄弟だけで」と思っていた仇討ちに、他の人間が割り込んでくることが嫌だったのだ。

「小次郎は確かに親類だが、奉公人の身です。鎌倉殿に御恩を受ける身だ。生涯奉公できない我らの悔しさなど、奴に分かるものか。兄者人、他人の心なんて当てにならない。わたしと、兄者人さえいれば、他には誰もいらないはずだ。兄者人、決心して下さい。二人だけでやり遂げるんです」

「そうだな」

と、とうとう十郎も諦める。

「初めから、我々は二人きりだ。わたしと、お前さえおれば……」

狭苦しい、小さな十郎の家の中で兄弟は誓い合う。

「二人で宿願を果たそう。死ぬ時は一所にて（同じ場所で）屍をさらすべし。不幸にして仇を討ち漏らした時は、死霊にも悪霊にもなって狙えばよい」

相手は将軍の気に入り。鎌倉に広大な館を構え、百騎を超える武士どもを引き連れる寵臣祐経。――かたや、財産といえば毛並みの悪い馬一匹ずつしか持っていない曽我兄弟。彼らの誓いは、狂気の沙汰、身の程知らずな高望み。砂上の楼閣《ろうかく》よりもはかないものだった。

# 信濃へ祐経を追う

## 兄二十二歳・弟二十歳

お話を始める前に、ちょっとお耳を拝借。物語も佳境に入ってきたので、ここいらで曽我兄弟の物語の成り立ちについて、少々説明しておきたい。

「曽我兄弟」の原点は、言うまでもなく古典『曽我物語』なり！　だけれども……この『曽我物語』、けっこう訳アリ古典なのだ。大体、いつどこで作られたのかもさっぱり分からないし、原作者も不明だし、「何となくいつのまにか完成してて、いつの間にか人気になって、みんな読んでたんだよね」といった感じ（たぶん鎌倉時代末期には成立してた?）。

しかも！　分かっているだけでも六種類も写本が伝わっていて、それぞれ大に小に内容が違うというイイカゲンさ。現在、この六つを大まかに二つに分けて、「真名本」と「仮名本」と呼んでいる。

この二つ、どう違うかと申し上げれば――本当に全然内容が違う。

真名本は漢文で(注1)書かれていて、とにかく真面目一直線。笑いなんか一切なし。十郎、五郎の悲劇を

（注1）正しくは変体漢文という。日本語をわざと漢文に直して書いたもので、正規の漢文にはない語法や語彙が含まれている。

ただ淡々と語り続ける……といった雰囲気なのに対し、仮名本はその名の通り平仮名交じり。内容もかなり砕けた印象。兄弟の派手な大立ち回りとか、ヤバい災難(注2)に巻き込まれるエピソードとか。とにかくワクワクするようなエピソードがふんだんに盛り込まれているのである。だから曽我物語を読んでいると、「仮名本にはあるのに、真名本にはこの話がない！」という事件が多発する。

なんでこんなに違うかというと、これはどうも仮名本が真名本よりも、後に作られたからららしい。真名本の方は、おそらく東国のどっかの坊さんたちが作ったと言われているのだが……坊さんが作っただけあって「その昔中国の誰それは……」などと、エラく説教臭い。そこで「もっと兄弟たちのカッコいい見せ場がほしい！」という大衆の要望。あれこれと娯楽要素満載にして、仮名本ができたのだった。

――さて、このエンタメ色の強い仮名本、その狙いは大当たりで大ブレイク！　謡曲になるわ、お神楽になるわ、とにかく民衆に大ウケ。とくに江戸時代になると、歌舞伎になるし講談になるし、仮名本に書いてあるエピソードだけじゃ、とっても足りなくなって、あれやこれやと雨後の筍《たけのこ》のように作り話が盛られたのだった。

――さて、ここで本題。かくして「真名本と仮名本」の曽我物語から、歌舞伎や講談になって、盛りだくさんのエピソードが付け加えられたと申し上げたが、逆に削られた話もけっこうある。その中で一番大きな話が、『信濃《しなの》の狩り』。

この狩りのエピソード、講談などでは

「信濃で大がかりな狩りが行われ、兄弟は狩りに紛れて祐経を狙ったけれども、たった三日で終わってしまったので失敗してしまいました」

と、わずか二行で終わらせてしまっているが……、実はこれ大ウソ。吾妻鏡《あづまかがみ》によれば、信濃の狩りは約一か月に及ぶ盛大なもので、曽我物語の中でも手に汗握る名場面。

仇を狙う兄弟の苦心がよく伝わるエピソードなので、ここでは是非とも、皆さん大好きな仮名本からお耳に達したい。

建久四年（一一九三）三月。十郎二十二歳、五郎二十歳の年である。

例によって、大磯の宿屋で話し込んでいた二人。宿の女たちが噂話をしているのを、ふと小耳にはさんだ。

「……そうなんですよ。工藤祐経《すけつね》様が本国（伊東）から鎌倉へ行く途中、ここへお寄りになりまして

（注2）えらく女にもてる十郎が、嫉妬に狂った男に殺されかかる話など。

ね。さっきまで、そのお相手をしていて――」

兄弟の目と目が合う。まなざしの中に合図を交わす。

「兄者人！」

「おお、すぐに！」

宿を飛び出せば、好都合にも持ち主が側に見えぬ馬が一頭。断りを入れる暇はない。ひらりと一馬に二人飛び乗った兄弟、かけ声勇ましく駆け出していった。

「鎌倉へ行くなら、今頃はおそらく戸上ヶ原《とがみがはら》――、急げ！」

走る、走る、走る！　鞍なき駑馬《どば》も、乗り手の一心不乱が通じるものか、駿馬のごとく宙を飛ぶ。まっしぐらに戸上ヶ原へ駆けつけた。

「見よ、五郎！　あれに――」

小手をかざして眺むれば、はるかかなたに砂塵を蹴立て、鎌倉街道を進む人馬の群れ。およそ五十騎。しかし――

「まさしくあれに違いないが……しかしこの距離では――」

祐経主従の乗る馬は、すべて肥え太った名馬。二人も乗せた駑馬では、とても追いつけない。ならば、と弓を引いて狙おうと目をこらしたが……、五十騎もの群れの中で、祐経の姿はとても見きわめられるものではない。

「エエッ！　畜生！　もっと近く！」

五郎はいきり立って馬をひっぱたいたが、そうこうしているうちに両者の距離はいよいよ遠く、祐経の一行はあっという間に道のかなたに見えなくなってしまった。

……仇の消えた地平を眺めつつ、兄弟はこれで幾度目か知れぬ悔し泣き。

「ああッ！　またしても……」

と、五郎は目もくらみ胸塞がり、頭を抱えてうずくまる。一方、十郎はすべてにおいて沈着の生まれ。

「そう力を落とすな、五郎。決して望みがなくなったわけではないのだ。時節を待とう……」

と、嘆く弟を慰めつつ、

「このまま帰っても仕方がない。三浦へ行かないか」

と、三浦の親戚の館へ寄ることにした。

――さて、この三浦の館、兄弟にとっては最も親しい親戚の一つ。ここの叔母さんは河津三郎の妹で、早くに父を失った薄幸の甥たちを、我が子同様に可愛がっているのだ。曽我物語にはたびたび兄弟が三浦を訪れている場面が描かれているけれども、兄弟は何か嫌なことがあった時とか、母親に叱られまくって曽我にいづらい時などは、必ずここに逃げ込んでいたようだ。

この日も、予告なしに三浦に転がり込んだ曽我兄弟。叔母さんが歓待してくれるのをいいことに、ダラダラと数日を過ごしていたのだが――とかくするうち、面白くないままにくすぶっていた兄弟の魂を、サッと蘇らせる吉報が入った。

——情報をいち早く仕入れてきたのは、五郎である。勢い込んで座敷に駆け込むなり、

「兄者人！　耳寄りな話だ！」

と、兄の肩を引っつかんで叫んだ。

この男、無職で寺育ちなのに、なぜか地獄耳。世間の噂をいち早く仕入れてくるという特技を持っていた。

「鎌倉殿が狩りをすることになった！　当然、祐経も参加するぞ」

「何、本当か！」

耳を傾ける兄に、弟は熱心に語る。触れによれば、場所は信濃の国浅間、それから三原野——。

「兄者人、我々も狩りに行きましょう。いつも道端や鎌倉で狙っても、奴は大勢に囲まれていて、なかなか討つことができないが、狩りならば狙いやすい。隙が多く生じるに違いない。祐経が一人のところを狙って、一気に殺るんだ」

親戚の目をはばかり、兄を隅に招いて低声にささやくも、ものに熱するは五郎の天性。我知らず膝を進め、兄の肩をゆすって談じる。

十郎もこの話に思わず身を乗り出したが、「浅間」と聞いて黙り込んだ。

場所が遠い。しかも移動しながらの狩り。何日もかけて、大変な移動距離である。参加する武士たちは、当然四、五頭の替え馬を連れていくだろう。しかし自分たちには馬が一匹ずつしかない。常に元気な馬に替えて走って行く祐経に、自分たちはついて行けるものだろうか……。

「替え馬がない……。できるだろうか……」

腕を組んで考え込む兄に対して、五郎は強気だった。

「お言葉ですが、情けないことをおっしゃいますな。奉公人で立派な身分なら、馬も郎等も必要でしょうさ。しかし、我らの目的は狩りにあらず、狙いは祐経一人。馬なんか諦めて、蓑《みの》を着て、わらぐつ履いて雑人（下賤の者たち）の中に紛れ込み、歩いて行けばよい。できるだけ身軽な格好で、首を取る機会を狙うのが一番だ。仇討ちに行くのなら、なりも恥も構っちゃいられません」

勇ましい言葉だが、馬で走る者を徒歩で狙うのは、例えて言うなら特急列車をマラソンで追いかけるようなもの。五郎のこの根拠のない自信は、一体どこから来るものか。

しかし、この弟の無茶な発言を聞いて十郎はニッコリ笑った。いつも物事を考えすぎる傾向のある兄は、自分にはない弟の破天荒さが好きだったのかもしれない。

「よくぞ申した、五郎。お前の言う通りだ。では、少しも早く」

と二つ返事で、仇討ちの支度を整える。

仕度はたいして手間取らない。太刀を一振り。わずかばかりの食料。笠をかぶり、わらぐつを締めて粗末な身なり。凛々しい武者姿を惨めな雑人姿にやつすも、心だけは戦前《いくさまえ》のように高ぶらせて、勇んで旅立っていったのだった。

建久四年（一一九三）三月二十一日、(注3)将軍頼朝《よりとも》公は鎌倉を出発。

この時の狩りの様子は、歴史書の吾妻鏡に詳しく載っている。信濃の国浅間、三原（現、群馬県）で、何日にもわたって移動しながら行うという大規模なもので、参加する人々は何と六万人を越えたという。鎌倉幕府の歴史に残る、盛大な狩りであった。

さもあらん。建久四年といえば、頼朝が念願の征夷大将軍に任命され、鎌倉幕府が成立したとされる一一九二年の翌年。頼朝にとっては、征夷大将軍の権威を誇示し、幕府の王権を日本中に知らしめるための、一世一代の大行事。

その人数、居並ぶ重臣たち、まさに筆にも尽くせない盛大さ。集まった武士たちは名匠による太刀、弓矢を持ち、名馬を引き連れ、晴れの軍装に美々しく身を固めている。歌を詠み、かつての将門《まさかど》将軍（平安時代のエライ将軍）の戦のことなどで話に花を咲かせ、実に優雅な風情である。

……その中で、曽我の兄弟たちは馬もなく、弓矢もなく、雑人の姿に身をやつして、あちらこちらと歩き回る。だが――田舎者の悲しさ、大規模な狩りに一度も参加したことのない二人は、自分たちの無謀さを今さらのように思い知った。

「まいったな、これほどの人数だとは……」

「どこに誰がいるのか、さっぱり分かりませんな」

何しろ、総勢六万人。祐経の居場所など、皆目見当もつかなかったのだ。

「何、夜を狙いましょう。宿に入ってしまえば逃げられぬ。祐経の宿を見つけて忍び込めば……」

五郎はちょっとやそっとではへこたれない。不敵に笑いつつこう言ったが——しかし、この考えも当てが外れることになる。

将軍の狩りは、兄弟の知っている遊びの狩りと訳が違う。夜、狩りに参加した武士たちは、かねてよりしつらえておいた仮屋仮屋へ、定紋打った幔幕《まんまく》を張り巡らして、華やかに陣取る。外では大勢の警護の者たちが厳しく見張りに立って、

「馬を盗人に盗られるな！　少しでも怪しい者がいれば、即刻捕らえ、詳しく調べよ！」

おびただしい松明。槍を片手に行きかう侍たち。兄弟、いかに勇ありとも、その警護の厳密には驚くばかり。一歩だに近づくことすらできない。夜もすがら、笠を目深にかぶり、あちらこちらと徘徊して回ったが、やがて白々と夜が明け、二人は空しく引き上げていくしかなかった。

次の日も、また次の日も同じ。よもや仇が通らぬかと、日のある間はそこかしこを狙って歩く。時

（注3）曽我物語では「四月下旬」とあるが、吾妻鏡によれば三月二十一日。

折、遠目に祐経を見ることがあるのだが、相手は名馬にまたがって乗り回し、こちらは徒歩。近づくことも叶わず、よし遠矢にかけんとしても弓矢とてなし。

夜は垣根のごとく並んだ警護の者たちを眺めつつ、宿の周りをうろうろとさまよう。……ただ、日数だけが無駄に流れていく。

疲労と不眠のために、さすがの曽我兄弟も今は心身萎《な》えて気ばかり焦る。わけても、体力ではとても五郎にかなわない十郎は疲労困憊。

「兄者人——そう力を落としたもうな。まだ狩りは長く続くに違いない。まだ失敗に終わったわけでもなし、そのうちにはきっと……」

弟は兄を励まして言うのだった。

幾度か、危ない目に遭う。ある夜、ついに祐経の宿に入れる機会を見つけ、兄弟は足早に近寄っていった。しかし、もう少しというところで見とがめられてしまう。

「何者か！　怪しい奴、笠を取れ！」

「ただの雑人です。これから帰るところで……」

二人は慌てて、足早に立ち去ろうとしたが、夜回りは「何者ぞ」と、なおもとがめて詰め寄ってくる。松明振り上げて、笠を脱がせようとする夜回りに、兄弟はどうしようもなく追い詰められていく。

と、そこへ、思いもよらぬ救いの手が訪れる。畠山重忠《はたけやましげただ》――かつて、由比ガ浜《ゆいがはま》で二人を救った人物が、偶然にもその場を通りかかったのであった。

重忠はただならぬ雰囲気を怪しんで、何気なく二人に目を止め、ハッと息を呑んだ。夜の暗がりに、目深に笠をかぶり、卑しい雑人の服装に身をやつしていても、重忠には二人の正体がはっきりと分かった。

「十郎、五郎……」

彼が兄弟を助けてから何年もたち、二人の姿はすっかり見違えていたけれども、重忠は心をかけた二少年を忘れてはいなかった。

「放してやりなさい。これはわたしの供の者だ」

将軍の一の重臣の命令に、夜回りはパッと身を引く。兄弟が驚き戸惑っているうちに、畠山重忠は何も言わずに立ち去ってしまった。

その夜、兄弟が休んでいる小屋に、重忠の使いの者が食料の入った袋を届けに来た。……重忠は何も語らない。けれども、厚い温情が袋の重みに感じられた。

「あの方は、我々が子供の頃、由比ガ浜で命を救って下さった。そして今も、危ういところを助け、心をかけて下さる……」

二人の頬に、涙の筋が光るのだった。

重忠の親切に再び勇気を奮い起こし、勇んで祐経を狙う。

夜は宿の周りを徘徊し、昼は風のごとく走る馬を足で追いかけること数日。一行は大倉、児玉《こだま》、と次々に場所を変え、美しい浅間山のふもとまでたどり着いた。浅間山に影深く、露吹き結ぶ風の音。まだ立ち残る薄雲の、峰より晴るるあさぼらけ。狩杖《かりづえ》の音は鳥を驚かさんばかり。

この頃、再び兄弟に危機が訪れる。

その日は、にわかに激しい雷雨。まこと、たらいをひっくり返したような土砂降りに、狩りは途中で中止となった。兄弟の蓑も笠もしとど濡れ、たもとも裾も重くしぼれるほど。

「こはかなわじ」

と慌てて走っていると、偶然、梶原源太《かじわらのげんた》と行き違った。

「梶原殿……」

見知った顔に、二人はとっさに笠を深く傾ける。――しかし、なんで油断のない梶原が、慌てて顔を隠した二人を見逃そう。急に振り返って、

「待て！」

と大喝一声、

「そこの者ども、怪しき風情。とどまれ！」

馬を寄せ、錐《きり》のごときまなざしの梶原。ぎくりと全身に冷や汗が流れるも、ものに動ぜぬ十郎は平静を装って振り返り、うやうやしく頭を下げる。

「わたくしは和田殿の雑人。怪しい者ではござらぬ」

「ではなぜ顔を隠すか。名は何と申す」

「は、藤源次《とうげんじ》と申す者にて。主人の義盛《よしもり》を待つ間、宿の見物をしておりました」

十郎は機転が利く。とっさに和田義盛の雑人の中で知っている名を出したが――しかし、これが思わぬ窮地を招く。

梶原の連れていた雑人が、本物の藤源次を見知っていたのである。

「殿！　わたくしは藤源次と知り合いでございます。この者は、別人でございますぞ」

「何、まことか！」

しまったッ、と唇を噛むも、もはや手遅れ。さすが知恵の働く十郎も、これにはしくじった。とっさの言葉も思いつかず、進退窮まって後ずさる。

「いよいよもって怪しい奴、ここで成敗してくれる」

ギラリと目を光らせる源太。この様子を見てわらわらと集まってきた人垣に、兄弟たちはなすすべもなく囲まれてしまった。この梶原源太も、かつて由比ガ浜で十郎、五郎のために必死の命乞いをしてくれた武士であるが、今目の前にいる、見るからに不審な蓑笠姿の若者たちが、かつての一萬《いちまん》、箱《はこ》王《おう》だとは分からないのだ。

絶体絶命の危機。短気の五郎はぎりぎりと牙を噛んで怒りだし、四尺六寸の大刀に手をかけた。

「おのれ、この上は源太の馬の足を薙《な》ぎ払い、落ちたところを斬り伏せ、腹をかっさばいてくれる……」

瞳に烈々たる殺気を燃やして、かくつぶやくや、兄を押しのけて白刃の林へ躍り込まんとする。

「待て！　ならぬぞ」

十郎がその肩に手をかけて、必死に引き戻す。

「兄の言うことが聞けぬか。無駄な殺生をするな、五郎」

十郎が五郎を捕まえているその時だった。梶原の怒鳴り声を聞いて
「何事か」

とやって来た武士がいる。見れば何たる偶然。訪れたその人は、十郎が勝手に名を借りた和田義盛であった。義盛を見た梶原は、

「和田殿、この怪しき者どもが和田殿の身内だと……」

と説明する、くだんの二人に目を遣った和田義盛は、五郎を必死になだめる十郎の声を耳にしてハッと目を開いた。

「あれは、曽我十郎祐成《すけなり》ではないか……」

兄弟のその姿。使い古し、見る影もなくすり切れた蓑と笠をかぶり、泥にまみれたわらぐつを履く。卑しい雑人に身をやつし、その憐れさは胸も痛むばかり。

「あのような思いもよらぬ姿でこの場に……。さては、あやつらの志は祐経を狙って……」

瞬時に曽我兄弟の思いを悟った和田義盛。二人の思いつめた様子に、思わず浮かんだ涙を堪《こら》え、

「梶原殿、思い違いでござる。こやつらは、確かにわしが身内の者。お引きなされい」

怒りをはらんで言い放ち、その場の者たちを退かせた。そして自らもまた、一言もなく立ち去って行ったのだった。

九死に一生を得た曽我兄弟。十郎は珍しく五郎を叱って言った。

「粗忽な真似をするな、五郎。梶原殿を討つのはたやすかろうが、我らの宿願も危うくなるのだぞ。我らがこうして心を尽くしているのは、祐経の首を取るためであって、梶原殿の命を奪うためではないはず。今後は怒りを抑え、宿願を果たすまでは命を危うくするな。よいか」

普段優しく穏やかな十郎の、いつにない叱責に、五郎は身体を縮めて返す言葉もない。……父亡き後、兄に育てられた五郎である。兄の言葉の前には幼児のごとく、すぐに反省するところは、この男の良いところだ。しかし結局、五郎の性格は死ぬまで変わらなかったのだが……。

その夜のことである。この頃は旧暦の四月。そろそろ夏も近い頃であったが、北関東の夜はかなり

冷え込む。濡れねずみになった兄弟が寒さに悩んでいた夜半過ぎ。何やら不審な話し声が戸外に聞こえた。

「このあたりのはずだが……」

「そちらへ回ってみろ、探せ」

ガチャガチャと不吉な物の具の音（鎧《よろい》、太刀がぶつかる音）。何人もの足音。

「さては……！」

五郎が跳ね起き、兄の肩を抱いていまいましげにささやく。

「兄者人、きっと梶原の供の者たちだ。我らをまだ怪しみ、とどめを刺すために追って来たに違いない」

「シッ。静かに。よいか、慌てるでない。まず灯を消すんだ」

明かりを消し、身を寄せ合って耳をそばだてる。この足音からして、相手はかなりの大勢か……。

五郎はすでに太刀を握りしめ、今しも戸を蹴破って外に出ようと身構えている。

「五郎、待て」

十郎が力を込めてその手を抑える。

「幸い、この闇夜だ。一方を崩してしまえば、逃れられよう。くれぐれも、互いに離れるな。離れてしまえば、もはやかなうまい……。

逃れられるならば逃れよう。万一追い詰められるようならば、二人刺し違えて死のう。わたしはお前、お前はわたしの手で。よいか、雑兵の手にかかって死んではならぬ。死ぬ時は――」

「おお、兄者人。申すに及ばぬ。死ぬ時は二人だ」

二人ひしと肩を寄せ、戸口のわきに立って身を潜め、今か今かと待つ。息を殺して外の様子を窺った。ところが案に反して、戸口の外は静まり返っている。不思議に思っていると、やがて戸を叩く音がした。

「誰か」

思い切って尋ねると、思いもよらぬ返答。

「和田の使いの者でござる。お二人、さぞかしご苦労なさっていることと存ずる。深いご決心に感じ入り、酒と食料を持って参った」

「和田殿が……」

畠山重忠の好意に続いて、これで二度目の援助である。

畠山重忠、和田義盛。鎌倉幕府にその人ありと謳われた重臣二人は、曽我兄弟の仇討ちの心に感じ、陰ながら援助の手を差し伸べたのである。いや、実はこの二人だけではない。何日にもわたる狩りの最中、雑人に混じって走り回る二人の姿を見て、その正体に気付いた武士は他にも何人かいた。しかし彼らは「あのような姿に身をやつして……。さだめし……」と、兄弟の覚悟を察して見逃したのだった。

ところで、この時和田義盛がよこした酒は、樽三本あったらしい。兄弟は使いの者たちにも振舞ったが、さだめし自分たちも浴びるように飲んだに違いない。

大勢の武士たちの恩情によって命長らえ、兄弟はさらに祐経を追う。三原野へ入り、笠懸原《かさがけはら》、そして那須野《なすの》、宇都宮(現、栃木県)。出発は神奈川県、そこから群馬県を回り、栃木県まで……。他の武士たちは騎馬だが、兄弟たちは太刀引っ提げて徒歩である。その苦心苦労、筆にも尽くせない。

こうまでして仇を追いかけ、隙を狙っていたのだが、結局、目指す祐経には近寄ることすら叶わなかった。そもそも、広い那須野に五、六万の人々がいたので、巡り合う可能性は隕石を発見するくらいの確率。一度だけ、祐経が鹿を追いかけて走って行く姿を遠目に見たが、馬に乗っているので一瞬で去ってしまい、二度と見つけることはできなかった。

……かくして四月二十八日、将軍の御狩りは終わりを告げる。帰る道々も付け狙ったのだが果たせず、工藤祐経は将軍と共に鎌倉に入ってしまった。

兄弟は死力を尽くしたが、もはやいかんともしがたい。

「ああ、ついに討ち損じた……。無念だ」

「命冥加な祐経。これほどに追いながら……」

今はがっくりと膝をつき、疲れ切った身を抱き合いつつ嘆く兄弟。無惨なりし胸の内。涙の内に目をやれば、かなたに去ってゆくは仇の誇らしげな姿。将軍のかたわらに馬を寄せ、悠々遠ざかってゆく。

「ああ、おのれ――!」

と拳を握れば、こみ上げてくるのは無念のやるせなさ。

「エエッ、かえすがえすも悔しい。兄者人、これほどまでの好機は、もはや二度と巡っては来まい。この上は祐経の館に斬り込み、潔く斬り死にして果てるか――。いかに、兄者人!」

五郎は息まくが、十郎は静かに首を振った。

「五郎――それは許さぬぞ。捨て鉢になり、曽我の者どもが血迷って無謀な死を遂げたと笑われるような恥をさらすな。お前は無駄死にをして、この兄に嘆きを見せる気か」

目と目を交わし、無言のうちに互いの心を確かめ合い、それ以上は何も言うことはない……。燦々《さんさん》たる唇噛みしめつつ、曽我への帰路についたのだった。

――以上、講談や芝居ではほぼ削られているエピソード、「信濃の狩り」のあらすじ。ほぼ忘れられてしまっているエピソードではあるが、兄弟がこの狩りに忍び込み、祐経を狙ったのは史実であり、吾妻鏡には

「狩倉ごとにお供の輩に相交はり、祐経が隙を伺ふこと、影の形に随ふがごとし」

と記されている。

かくも力を尽くし、仇を狙うも、惨めな失敗に終わった曽我兄弟。今は肩を落とし、涙のうちに帰路につく。

しかし、本懐成就の時は刻一刻と近づいている。工藤祐経の悪運が尽き、兄弟の命もまた終わる、その時は近い。

が、それはまた後のお話。次回にお譲りしましょう。

## 閑話休題　当時の学問について

ちはやぶる　神の誓ひの違はずは　親の敵《かたき》に　逢ふ瀬結ばん　曽我十郎祐成《すけなり》

天くだり　塵に交はる甲斐あれば　明日は敵に　逢ふ瀬結ばん　曽我五郎時宗《ときむね》

曽我兄弟が仇討ちを祈願して、箱根権現《ごんげん》で詠んだと言われる歌である。二つとも簡単に現代語訳すれば、「神様、明日は仇の祐経に逢わせて下さいよ！」という意味。下の句が半分被っているところが、実に兄弟仲良しを感じさせるいい歌だ。

曽我兄弟というと、この二つの歌がとくに有名（今はとにかく昔は）なのだが、この兄弟、なかなかの風流人だったと見えて、仇討ちのために富士の裾野へ向かう道中では、

「ここは有名なパワースポットだから」

とか

「ああ、故郷を見るのはこれが最後だ」

とか言って、くどいくらい山盛りに歌を詠む。

五郎はそこまで歌に執着がなかったようだが、十郎の歌好きはかなりのもの。普段の生活の中でも、花を見、月を見ては詩情にかられていたようだ。

だが、実は――。我々は古文を読む時、

「この人は昔の人なんだから歌の一つくらい詠めて当たり前だ」

と思ってしまいがちであるが、この時代の武士たちにとって、「歌を詠んで書く」というワザは当たり前ではなかった。

平安時代末期から鎌倉時代初期。

この時代、あらゆる文化、遊びは京のもの。東国の武士たちにとって、詩歌や管弦は縁遠い別世界のものだった。

当時の武士の様子を知る、貴重な物語がある。『男衾三郎絵詞《おぶすまさぶろうえことば》』という絵巻物である。

「二人の兄弟がいた。弟は武勇に長じ、日々鍛錬に怠りなく頼もしかったが、兄は逆に風流に溺れ、歌ばかり詠んで日々を過ごしていた。

ある日、兄が山歩きをしていると山賊に襲われる。彼は逃げようとしたが、日頃武芸を怠っていたために、あっという間に山賊に殺されて命を落としてしまう。弟はこれを聞いて、たいそう怒った。

『武士である身が、風流に溺れ、歌ばかり詠んでいるから山賊ごときに殺されることになるのだ。

我ら武士は、武芸を怠らず、家に生首の一つや二つ転がっているくらいでなくては務まらぬわ』激怒した弟は女子供にも無理矢理武器を持たせ、武芸に励まさせる。以後、山賊のほうがビビって近づかなかった」

……という話。何という血なまぐさく、恐ろしい話であろう。生首がそんな気軽に落ちていていいのだろうか……。まあ、この話がどこまでホントかは分からないが、イメージだけはよく伝わるだろう。

当時の武士たちが、必死に鍛錬した武芸は大体七つある。弓矢、馬術、太刀、薙刀《なぎなた》、流鏑馬《やぶさめ》、犬追物《いぬおうもの》、笠懸《かさがけ》など。

こんなにいっぱいあるから、鍛錬はとても大変。朝から晩まで馬で駆けずり回ったり、太刀を振り回したり。気が付いたら日が暮れて、一日が終わってしまう。

ちなみに一番大変だったのは弓矢の稽古。なぜなら、当時の戦いは騎馬戦であったので、馬を走らせたまま、自由自在に弓を引き、狙い過たず目的を射ることができなきゃならなかったのだ。これは想像を絶するハイレベルな技だったようで、このため武士は別名「弓負《お》う者」と呼ばれていた。

ちょっと横道にそれるが、日本刀が現在の形になったのもこの頃。日本刀は弓のように緩くカーブしているが、これは馬上から相手を斬り伏せるのに、この形が適しているからなのだ。

このように彼らの生活は、日々これ鍛錬に終始——なので、お勉強の方はサッパリだった。何しろ、ほとんどの武士は、字を読むことすら全然できなかったそうだ。ある賢い武士は、幕府からの書状が届いたのでそれを読んでいたら、周りにいたその他大勢の武士たちが
「すごい！　これが読めるの？　お前、天才だな！」

と拍手喝采だったとか。

中国のエライ武人の項羽《こうう》は「武士たるもの、自分の名前さえ読めれば十分」と言っていたそうだが、当時の日本の武士たちも同じように考えていたようだ。

字が読めるだけでビックリの世の中。字を書いたり、ましてや歌を詠んでそれを紙に書くなんて高等技術は雲の上の話。よほどの粋人か、ものすごいお金持ち武士でなければできないことだった。

こんな風潮の中、曽我兄弟が文字に堪能で、歌をよく詠むほどお勉強ができたのは……彼らが武士の中でも「変わり者」だったからだろう。

五郎がお勉強ができたのは、彼が箱根のお寺で念仏を叩きこまれたからだと思われる。五郎の短気でせっかちで即物的な性格からして、もし寺に入ることがなかったら、彼は一生「いろは」

書も読めなかったに違いない。

一方、十郎は――これは間違いなく粋人だ。彼は子供の頃から勉強熱心で、お寺に通って読書をマスター。歌をどこで学んだかはつまびらかでないが、多分この寺の和尚さんから習ったと思われる。五郎がうちに帰ってきてからは、弟に習って念仏まで覚えたらしい。実に勉強熱心。まるで二宮金次郎みたいな男だ。彼は美しい自然の中を馬で進む時も、詩情抑えがたく歌を詠みまくってて、

「兄さん、もうやめようぜ」

と弟に言われるほどだったらしい。


おそらく、この頃の武士は二種類あった。

ひたすらに武芸に励み、「武芸こそ武士の務め!」と誇りにしているタイプ。彼らにとっては、現実の生活や戦いこそが、生きる意味のすべてであった。

もう一つは、武士の務めは武芸だと百も承知だが、文化芸術に憧れるタイプ。彼らは、京の文化、学問、仏教の教えへの深い尊敬がある。これからの時代は、武士が世を動かしていくのだから、武士たちも学問ができなければならないと彼らは考えている。

そして、その後の時代は――後者の学問ができる武士たちが世を動かしていくのだ。源平の戦

いが終結し、鎌倉幕府が成立。将軍にお仕えして、法律を作ったり文書を書いたりできる武士が出世する時代が来たのである。

歴史に「もし」という言葉はないとよく言われるが——もし、兄弟が生きていたら、学問のできた彼らは出世して、頼朝の側で働いていたかもしれない。

# 五郎、勘当を解かれる　建久四年五月二十二日

肉体的に疲労したのは当然だが、精神的にもかなりのダメージを受けた曽我兄弟。とぼとぼと帰路につく後ろ姿も悄然と、まっすぐに帰るのも嫌になり、途中またも三浦の叔母さんの館に予告なしに転がり込んだ。叔母さんはひたすら薄幸の甥たちを甘やかしているので、あまりうるさいことは言わない。

この館に、一体何日間ゴロゴロしていたかは判然としないが、おそらく一週間以内ではないかと思われる。二人の普段の生活態度から推察するに、厄介になったこの館でひたすら飲んでいたことだろう。

さて、三浦で空気抜けしていた兄弟だが、好機は再び巡り来る。将軍頼朝《よりとも》公は鎌倉に帰った直後、またも別の場所で大いに狩りを開かんと号令をかけたのだ。

ここからいよいよ、兄弟は最後の賭けに出て仇討ちに突き進むことになる。聞くだに勇ましい、鉄石なお軟《やわ》し二人の覚悟。ここは是非とも、聞く者みな袖絞る講談から紹介したい。

「いかにや者共、こたびの狩くら、充分遺憾《いかん》なしとも言い難し。近く再挙をはからばや。いづれの地

を選ぶべきか」

こう頼朝公が言い放てば、ハッと平伏して申し上げたのは梶原源太景季《かじわらのげんたかげすえ》。

「恐れながら、東国に狩場多しとは申せ、富士野に越ゆる狩場はありますまい」

頼朝、聞くよりげにもと頷いて、

「いかさま富士野こそよけれ。沙汰をいたせ！」

——何せい、頼朝公が一生一代の大がかりの富士の巻狩り。その評判たるや大したもの。全国の大名小名どもは恐れ入って承《うけたまわ》り、駿河《するが》の国（現、静岡県）の住人は百姓の末に至るまで、残らず勢子《せこ》(注1)に駆り出される。講談によれば、仮屋の数は十万八千、参加する武士は三百万、勢子は数知れず……まあ、これはどう考えても大げさに過ぎるけれども、とにかく前代未聞の華やかさ。

——さて、この知らせを耳にした曽我兄弟、欣喜雀躍《きんきじゃくやく》して喜んだのは言うまでもなく、富士野という地名を耳にした次の刹那、あまりの信じがたさに戦慄したものである。——その場所は曽我からは目と鼻の先、彼らの家から眼前に見える近場であったのだ。

今度も、情報を仕入れてきたのは五郎時宗《ときむね》。勢い込んで座敷へ飛び込むや、兄を物陰に引っ張り込

（注1）勢子……竹や鉦《かね》を叩いて大きな音を出し、獣を追い出す役目の者。

んで、

「兄者人！　吉報だ。また狩りがある」

「何、本当か！」

溺れる者の浮木を得たる例え。人目をはばかり、小声で談じねばと思いつつ、五郎は興奮に知らず知らず声が高くなる。

「兄者人、今度は富士野だ。場所も近い。馬一匹ずつさえあれば、鎌倉殿のお供に紛れ込むことができるだろう。――思うのだが、この前は、我々は隙を狙いすぎたのが失敗だった。今度はきっぱりと思い切って、曽我に二度と帰らぬ覚悟で挑もう。狩場でも宿でも遠慮せずに踏み込んでやり遂げよう。我が身を守り、命を惜しむからこそ隙を狙うのだ。不幸にも討ち漏らしたら、その時はその時。悪霊となって取り殺してやればいいのだ」

「よくぞ申した。五郎、この兄も同じ心だ。首尾よく仇に近づいたるその時は――」

「まず、この通り」

言うより早く、すっくと立ち上がった五郎。スラリと大刀抜き払って、床の間にあった木像目がけて振り下ろせば、その首はごろりと音を立てて床に落ちた。

「おお、あっぱれぞ時宗。勇ましや五郎。なれば万に一つも討ち漏らすことはあるまい」

一念ここに及びては、よし山岳が揺らぐとも、いかで中途に思い留まるべきや。十八年の身の大望、もし叶わずば斬り死にに死なんことこそ勇士の面目たれ！

行けば、二度と帰らぬ旅。兄弟は覚悟を決めた顔を見交わす。二人のまなざしに、悲壮な影が差す。

……すでに将軍は富士野へ向かったと聞いているので、すぐに発たねばならない。しかし、今生の別れであるので、世話になった三浦の叔母に挨拶に行った。

この叔母は、兄弟が幼少のころから、何くれとなく世話を焼いていたので勘が鋭い。丁寧に挨拶を述べる二人の言葉の端々に、常とは異なる気配をすぐに察した。

「十郎、五郎、どうしたのです。いつもとは違いますね。そんなに悲しげな様子で、丁重な別れの挨拶をするとは……。よもや、そなたたち、大それたことを考えてはいないだろうね。心配でなりませんよ。

十郎や、五郎や、よくお聞きなさい。わたくしはそなたたちが可愛い。そなたらの姿を見るにつけ、亡き父上（伊東祐親《すけちか》）、兄上（河津三郎）のことを思い出すのです。二人の健やかな姿を見るのが喜びであったのに……。そなたたちが富士野の狩りに行くとは、何やら不吉な思いがしますよ」

いつも甘やかし、可愛がってくれる叔母の言葉は胸にこたえる。慌てて館を立ち去ろうとすると、叔母は妻戸《つまど》まで歩いて行って二人を見送るのだった。

「十郎や、五郎や。またすぐに顔を見せて下されよ。二人が恋しくならないうちに、くれぐれも……」

……後の話になるが、この三浦の叔母、仇討ちを果たした十郎五郎の死の知らせを聞いて、真っ先に曽我に駆けつけた人であった。その時、この叔母はすでに冷たくなった二人を抱いて泣き叫ぶことになる。早死にした兄の河津三郎に代わって、兄弟を我が子同然に目をかけ、五郎が勘当された後は母の分まで可愛がっていた三浦の叔母。その嘆きは、口にも筆にも尽くせぬものだった。

かくして、急いで曽我に戻ってきた十郎と五郎。二人で長く住んだこの家に、もはや二度と帰らぬと思うと、ちらほらと細かな花を咲かせる庭の草草までが懐かしい。時は五月、千草の花と卯《う》の花が路《みち》を埋めるごとく咲き乱れ、かすかな清香は、乱石が低く横たわる間を縫って流れゆく。しばらく、そこここを歩き回り、立ち去りがたくあなたこなたを打ち眺めていると、卯の花のつぼみが一房、地面に落ちた。

と、十郎がそれを拾って、

「これを見よ、五郎。老少不定《ろうしょうふじょう》の習い、開きたる花は留まり、つぼみたるは散る。老いたる母は留まり、若き我らが先立つこと、これに等しい――」

言いさしてからしばらくためらったが、やがて思い切ったように

「最後に、母上にお会いして、それとなくお暇《いとま》を申し上げたいと思わぬか」

五郎は以前、武士になったことを叱責され、その勢いで勘当されてしまってから、一度も母に会っ

ていない。すでに三年になる。彼は鼻っ柱の強い男だが、ときどき勘当されたことを悲しんで、物陰に隠れながら、母のいる曽我の家を眺めていることがあるのを十郎は知っていた。

十郎の言葉を聞いて、五郎は兄の情けに頭を垂れる。

「兄者人、わたしも死ぬ前に、母上から許していただきたい。勘当され、憎まれたままで死ぬのは辛い……。わたしのために、何とぞお取りなし下さい——」

「分かった。では、すぐに曽我の家に行こう。何としても勘当を解いてもらおう」

「お供いたします、兄者人」

五郎が勘当されてしまってからというもの、十郎もあまり曽我の館へは近づかないのだが、こうなれば遠慮してはいられない。二人馬を飛ばしてすぐに駆けつけた。

まずは十郎が一人で母の居間へ行き、五郎は庭先の木陰に隠れて待つ。十郎が母に勘当を解くよう取りなしてからでなければ、中に入れない。

「母上、ご無沙汰がちにしておりますが、いつもご機嫌よろしゅう。お喜び申し上げます」

十郎がうやうやしく両手を突いて、丁寧に挨拶すると、母は久しぶりの対面に喜んで
「おお、珍しや十郎。久しく顔を見ませぬゆえ、案じておりましたよ。して、今日はどのような用事でもあって参りましたか」

「はい、母上もすでにお聞きのことと存じますが、鎌倉殿には富士の裾野で巻き狩りを催さるるとの

ことでございます。わたくしは奉公の身ではなし、御恩を受ける身でもございませぬが、前代未聞の晴れの御場所。末代までの語り草に拝見を思い立ちました。何とぞお許しの上、厚かましき願いながら、晴れ着にいたす小袖を頂戴いたしたくて参りました」

いきなり勘当のことは言い出せないので、狩りに出かける話を持ち出す。しかし母は、

「エ……」

と、眉を曇らせた。

「祐成《すけなり》――思い留まって下さらぬか。そちは御恩を受ける身でもなし、謀反人の末たるそちが、上にお許しもなく狩場へ出ては、必ずただではすまぬ。ましてや……河津殿は狩場であのようなご最期。母は狩場と聞いただけで不吉に思いますよ」

「お言葉はごもっともでございますが、御心配なさいますな。遠くにあって拝見するに、その恐れはございませぬ。こたびの御催《もよお》し、遠国からもわざわざ見物に参ると言いますのに、近い相模《さがみ》（現、神奈川県）におりながら見損じては、心残りに存じます。曲げてお許し下さりませ」

十郎が言葉優しくじゅんじゅんと説けば、やがて母も気を取り直して

「されば許して進ぜましょう。小袖も遣わします」

と、立ち上がって真新しい小袖を取り出してきた。十郎は押し頂いて次の間に下がり、その小袖に着替え始める。

――着替え終わったら小袖の礼を述べて、「さて、母上。実は今一つお願いしたい義がございます」と、五郎の勘当のことを持ち出すつもりであった。

が、ここで思いもよらない展開。五郎はこの時までじっと兄の言いつけを守って庭で待っていたのだが、周知の通り短気でせっかちな性格。三年ぶりで母の顔を間近に見るうれしさ、声を聞く懐かしさで、とうとうたまらなくなったのだった。兄が勘当のお詫びを申し入れるのも待ちきれず、縁側に飛び出し、我慢しかねた大声で叫んだ。

「母上――わたくしです。わたくしもこのたび、兄者人と共に狩場へ参ります。この五郎にもどうぞ小袖をたまわりませ。母上！」

愕然として、五郎の面《おもて》に目を留めた母。しばしはあらゆる勘気も恨みも忘れたように、大人びた我が子の姿を眺めていたが――、たちまち怒りに声を震わせて

「何者です。五郎などというものは知らぬ。このわたくしを母と呼ぶ者は、十郎祐成の他にない。以前、箱王《はこおう》という不届き者がいたが、不孝者ゆえに勘当して行方知れず。聞く耳持ちませぬ。うろうろせずに、さっさと出ていきなさい！」

「いえ、母上！　その箱王でござります」

「誰の許しを得て来ましたか！　女親と思って侮っているのですか。顔を合わせることなど思いもよらぬこと。七代先まで許さぬぞ！」

許しを得るどころか、ますます怒りが募り、死んだその先まで縁を切られるとは……。彼は十郎と違い、弁才の士ではない。このように責め立てられると、もはやどうすればいいのか――、ただオロオロと進退窮まってうずくまり、

「母上、お許し下さい。どうか、どうか……」

と、子供のように繰り返すばかりであった。

しかし、母は返事一つ返さない。とうとう五郎は突っ伏して泣きだした。

「ああ――ああ――あまりと言えば情けない……。なぜそれほどに、わたくしをお憎しみなされます……」

さて、この時十郎は隣の部屋にいたのだが、時ならぬ騒ぎ声を聞きつけて
「さては」

と慌てて障子を開いた。と、案に違わず、五郎が縁側にうずくまって泣き伏せっている。あまりに無惨なその有様――。十郎は一見、物静かで怒りとは縁遠い人間だが、弟を苦しめる者に対しては、たとえ母といえども例外なしに憎むという、激しい一面があった。キッと顔を上げるや、母の部屋に入り、がばと両手を突く。

「母上、この祐成には兄弟あまたおりますが、真の弟と思うのは五郎唯一人。わたくしを不憫と思い、このわたくしの身に替えてお許し下さい。祐成におかけ下さるお情けを、五郎へお加え下さいまし。

わたくし共は幼少に父を失い、身は貧にして親類からも目もかけられず、母上の他に誰に憐れみをかけてもらえましょうか」

「思いもよらぬことですね。お前たちは親の情けばかり訴えるが、子の孝行のことは考えぬか」

「確かに、五郎はいったんはお心に背きましたが、それはひとえに、わたくしの罪でござります。明日は法師になるという時に、わたくしは弟を失いたくない一心から、曲げて元服することを願いました。ご存知の通り、我ら兄弟は的矢のごとく一体でありながら、この世の縁が切れることは到底忍び難く、母上の御勘気は覚悟の上で無理を通したのでございます。

また、五郎は身は僧侶にならずとも孝行をしております。女色を一切断ち、箱根で法華経を覚え、父上のために経を読んでおります。母上、五郎にいかなる罪がありましょうや。この祐成こそ御勘気をこうむるべき身でございます。――今は、ただ五郎に許すというお言葉を頂戴いたしとうございます」

言葉を尽くして慈悲を乞う十郎だったが、それでも母は剛情に、「許す」と言わなかった。

……あまりの情の強さに、しばし十郎も物が言えない。忍耐強い彼だが、胸中深くには弟と同じ、燃え盛るばかりの激情が流れている。ギラリと恐ろしいほどに目を光らせると、突如さっと立ち上がって、常にはない大声で怒鳴った。

「これほどに申し上げても、お聞き入れ下さらぬか。ただ一人の母の許しも得られぬとは、生きていても甲斐のない冠者《かじゃ》（若造）。あってもつまらぬ、益のない者の首を打ち落としてくれよう。ご覧なされ！」

足音荒く座敷を立ち、太刀をつかんで五郎のいる縁側へ進み出る。ヒイッと、召使の女が悲鳴を上げた。

「お待ち下され！」

と、女はその袖に取りすがったが、十郎は「放せ！」と、それを突き飛ばすや、頭ごなしに弟を怒鳴りつけた。

「いかに時宗、母上のお言葉承ったであろう。兄が首を討ってつかわす。そこに直れ！」

五郎はそう言われて
「兄者人のお手にかかれば本望でございます……」

と、しおらしく頭を下げる。十郎はすらりと太刀を抜き放った。

「十郎、お待ち！　ものに狂うか」

おとなしい十郎の、このような荒々しい様子を母も見たことがない。恐ろしさに魂も消し飛んで叫んだ。

「しばし――しばし――。弟の首を斬るというのか。それはならぬぞ」

必死に息子の袖に取りつくが、十郎は冷然と見下ろして

「なぜ止めなさる。お放し下され！　せめてもの情けに、兄のこの手で成敗いたします」

「ならぬぞ。現在の弟に手をかけるとは――十郎、それだけは……」

必死に止めるが、十郎は母を振り切って太刀を振りかぶった。まさに、五郎時宗の命運は風前の灯火――。ここに至って、母もついに我を折った。

「されば許すぞ。とどまりたまえ」

……この時、十郎が本気で「斬る」と言っていたのかは定かでない。しかし、自分の命よりも弟を深く思っている彼が、本気でこのような行動をとるとは考えにくいだろう。常に他人の心を透かし見ている彼の性格から考えて、演技で太刀に手をかけたと考えた方が良い。

「許す」という言葉を得て、十郎はすぐさま怒りをとどめる。太刀をしまうや、声を和らげて
「お許しが出たぞ、五郎。ここへ来い」

と、五郎の手を引いて座敷へ引き入れた。――箱根に六年、勘当されて三年。五郎がこの部屋に入れてもらったのは、実に九年ぶりのこと。感極まって返事もできない。兄にすがり付いて、わっと泣き出した。

――この兄弟にとって、弟の苦しみは、そのまま兄の苦しみである。兄弟はそのまま抱き合ったまま声もなく、うれし涙に暮れる。その様子を見て、母もいかに二人を苦しめてきたかを知ったのだった。

「明日は二人とも富士野の狩りへ行くとのこと。今宵は門出の酒盛りをいたしましょう……」

酒、肴が用意され、その夜は何年かぶりに家族が揃った。

「五郎は何年も会わなかったゆえ存ぜぬが、酒は飲めるようになったのか」

と母が尋ねると、

「まあ、間違いなく一杯では足りませぬ」

と十郎が笑う。

酒が進み、興が乗った頃、母が五郎に語りかけた。

「五郎や、そなたは箱根で舞を習ってきたとか。一度、この母に見せて下され」

それを聞いて五郎はためらったが、十郎が腰から横笛を抜いて促した。

「ああ、それはよい。五郎よ、わたしが笛を吹こう。舞って母上に見ていただくがよい」

十郎が音色を吹き込み、五郎が立ち上がって、腰なる扇をサッと開いた。五郎にとっては、初めての母からの頼まれごと。そして最後の親孝行。母にその面影を残す形見の舞。

〽わかれのことさら悲しきは、親の別れと子の嘆き……

拍子を踏み、扇をかえして鮮やかに舞う。

〽夫婦の思いと兄弟と、いづれをわきてか思うべき。袖にあまれるしのびねを、返してとどむる
せきもがな
やがて舞い納めると、母はその姿をつくづくと見て、

「ああ、見違うばかりに大人び、天晴な姿になったものよ」

と、目頭を押さえた。

やがて夜も更け、酒盛りが終わった後で、十郎は重ねて
「さて母上、この五郎も晴れの狩場へ同行するゆえ、召しかえの小袖をたまわりますようお願い申し上げます。今着ている衣装は、あまりにも見苦しいゆえ」

「……このたびのお狩り拝見、どうもわたくしには心に不吉なものを覚えるが……。それほど頼むならば強いて止めはしますまい。ならば時宗にも」

――兄弟がこうも小袖を望んだのには訳がある。明日、家を出れば、二度とは戻らぬ旅。母の手から狩場の晴れ着をもらい受け、死出の首途《かどで》を飾る装束としたかったのである。

母はこの頼みの真意を知らぬまま、ただ、晴れの場に良い衣装を欲しがるのは当然の心だろうと考えて、望まれるままに五郎に新しい小袖を渡す。その小袖を押し戴いた五郎は、すぐに今着ている垢じみた衣装を取り替えて、母に脱ぎ置いた。

「これは見苦しゅうございますから、誰かにおさげ渡し下さい……」

「そうですか。では――」

何気なく母は二着の古着を受け取ったが、これが二人からの最期の形見となったのである。

「二人とも、その小袖は必ずお返しなされよ。曽我殿も知っている小袖なのだからね。十郎はいつも、

小袖や帷子《かたびら》を『借りる』と言っては返さぬ。曽我殿に、またあの子に与えたのだと思われるのも恥ずかしいから……」

と言って、つくづくと兄弟を眺め、

「しかし十郎は、いつも衣装を返さず、いったい何に使っているのかと怪しんでいたけれど……。お前、弟に着せていたのだね。今、五郎から受け取った、この衣装にも見覚えがある。

長く貧に苦しむ者は、情けにも親しさにも鈍くなってしまうものだけれど……。身こそ貧なれども、心は貧ならざるものたちよ」

夜半過ぎ。曽我の館内の座敷へ引き上げた兄弟。さすが剛毅の兄弟も、これが親子一生の別れかと思えば、運ぶ足も鈍りがち。

「失くさずに小袖を返せとおっしゃる……。しかし、それは叶わぬ。もう二度と帰らぬ身であれば……」

と、二人肩を抱き合って泣いたのだった。

翌朝、建久四年（一一九三）、五月二十三日。兄弟は
「さて、母上。御機嫌ようお過ごし遊ばしますよう」

「しばらくのお別れでござります。どうか、御身お大切に」

と、表向きはさりげなく一時の別れの挨拶をし、心の内で「草葉の陰から！」と手を合わせ、揃って出発した。ひらりと馬上の人となった、その姿——ハッとするほどに父、河津三郎に似通っているのを見て、母は胸を突かれた。

「これほどに父に似ているとは思わなんだ。十郎は色白く細身で、五郎は赤く骨太い。二人とも異なるのに、それぞれに父に似たところがある……」

凛々しい狩りの装束に身を固め、駒を乗り進める祐成、時宗。伸びあがりつつ手を振る母の満江《まんこう》。やがて、二人の姿はだんだん遠く、緑の山の端へ消えてゆく。雄々しくもまた哀れなり。勇ましく旅立つ兄弟であったが、この時の心の内はどのようなものであったか。

折しも、五月の青葉盛り。どこやら血を吐くように鳴くのは山ほととぎすであった。

やがて、兄弟を見送って部屋に戻った母は、そこに二人が置いていった小袖を見つけた。なぜか、たまらなく手放し難い。召使たちが「片づけましょう」と言うのを断って、

「今少し——見飽きるまでは」

と、そこに留めておいたのだった。

血を分けた者の直感であろうか。これが親子の永遠の別れ。この小袖こそ我が子の形見。七日の後、母は再び兄弟を見ることになるが、その時愛しい子供らは首だけの姿となっているのである。

## 歌舞伎の話

### 寿曽我対面《ことぶきそがのたいめん》

正月になると、必ず歌舞伎で「曽我もの」を演じていた江戸時代。毎年、毎年、飽きもせず凝りもせず、何と百年以上も！

毎回、同じ話ではさすがに芸がない。なので曽我ものは何百種類も作られた。現在、そのほとんどは失われてしまったのだが、大体のジャンルを紹介すると

○対面もの。兄弟が祐経《すけつね》の顔を覚える場面。

○討ち入りまでの苦労譚もの。兄弟がいろいろ冒険している場面。大体、五郎が暴れてる。

○世話もの。貧乏に苦しんでる場面。兄弟の召使鬼王《おにおう》が、生活費のために妹を売り飛ばしたりする。（ひどすぎるので人気がない）

○討ち入りもの。クライマックス！　兄弟、獅子奮迅の大立ち回り。

ざっと分けると、この四種類が王道。この中でエラく人気があったのは、「対面もの」と「苦労譚もの」。現代人の感覚では「何で？　クライマックスの討ち入りじゃないの？」という感じだが、これにはちゃんと訳がある。「討ち入りもの」はすでにストーリーが一種類しかないのに対し、「対面もの」と「苦労譚もの」は、父が殺されてから十八年分もエピソードがあるわけで、

いくらでも二次創作しまくりだったからだ。何と、江戸時代の間にザックリ二百種類も二次創作を作って楽しんでいたというのだから……まあ、日本人は昔っから妄想大好きな人種なのだ。

そんな「対面もの」の中でも、「正月に演じなきゃならない曽我」で大人気だったのが『寿曽我対面《ことぶきそがのたいめん》』。その内容を紹介しよう。

時は鎌倉時代。正月、工藤祐経の館には大勢の武士たちがお祝いに詰めかけている。祐経は上座に座って満足げ。彼の側には、花魁の「大磯の虎」、「化粧坂の少将」の姿もある。彼女たちの衣装は実に華やか。正月にふさわしいおめでたさである。

と、そこへ、朝比奈三郎《あさひなさぶろう》がやってくる。――本文では説明しなかったが、彼は力比べで五郎に負けただけの情けない男ではない。実は彼、一説によると、木曽義仲《よしなか》と巴御前《ともえごぜん》の間に産まれた子。義仲の死後、和田義盛《わだよしもり》が巴御前に惚れ切って口説き落とし、朝比奈三郎を養子にしたのだとか。つまり、「血筋正しい、カッコいい男」なのだ。

十郎、五郎と結構仲良しの朝比奈三郎、工藤祐経に向かって

「あと二人、お客を連れてきました」

と言う。はたして、入ってきたのは十郎五郎。父が討たれた時、まだ幼かった兄弟は当然仇の顔を知らない。それで、朝比奈三郎は兄弟に「仇に会わせてやる」と約束し、この場へ連れてきたのだ。

めでたい正月の祝いの席。兄弟はもちろん、このような場で仇討ちをする予定ではない。あくまで仇の顔を見に来ただけ……のはずだったのだが、導火線がほとんどない五郎は我慢がならない。

「ええ、にっくき祐経！　この場で斬り伏せてやる！」

と、今にも噛みつきそうな勢い。思慮深い十郎は

「待たんか、五郎！　落ち着け、兄の言うことを聞け」

と必死になだめる。一方、祐経も、小汚い衣装でやって来た二人を見て、

「ははあ、あの二人の顔、わしが殺した河津三郎に生き写し。さてはわしを仇と狙う曽我兄弟であろう……」

とお見通し。わざと兄弟を挑発して、

「父の仇が憎いか」

と声をかける。

はなから頭に血が上っていた五郎は、この言葉にますます大激怒。女が持ってきた盃は受けないし、三方（当時のテーブル）はぶっ壊すという、十郎も真っ青になるほどの激昂ぶり。

ところが、若い兄弟に比べて、おじさんの祐経は一枚上手。

「仇を討ちたいだろうが、お前たちの家宝である刀、友切丸《ともきりまる》(注)（別名髭切《ひげきり》）が現在盗まれて行方不

明だろう。刀がなければ、お前たちの家は再興できずに潰れたまま。そんな中途半端な身分では、仇討ちしようとしても物笑いになるだけだぞ」

と正論を兄弟に説く。

仇討ちとは、ただ斬ればいいというものではなく、家の身分をはっきりさせなければならないという掟があるので、祐経の言葉は正しいのである。ぐうの音も出ない五郎……。

と、そこへ！　慌てて駆けつけてきたのは、兄弟の忠実な召使の鬼王丸。

「若様！　盗難中だった友切丸が見つかりました！」

と、刀を差しだす。何というナイスタイミング！

待ってましたとばかり血気はやる五郎だったが、ここでまた祐経が「待て」と制する。

「わしは今度、富士の巻き狩りで重要なお役目を担っておる。この役目を果たし終えたら、お前たちに討たれてやろう。これはお前たちへのお年玉じゃ」

と、何やら箱を兄弟に渡す。二人が中を確認すると、そこには巻き狩りの通行手形が……。

祐経は狩りの場で、本当に兄弟に討たれてやる気でいるのである。「こんな宴席ではなく、富

（注）友切丸……元の名は髭切といい、源氏の宝刀。歌舞伎では「助六」にも登場し、舞踊劇では「戻橋《もどりばし》」「茨木《いばらき》」にも登場。芝居では日本一有名な刀といえよう。

士の巻き狩りでわしを討って、見事恨みを晴らすがよい」と、どこまでも余裕の構えを見せる堂々たる祐経。兄弟は祐経に富士での再会を誓うのだった。

最後、中央で立ち上がった祐経は鶴、十郎と五郎は富士、隅っこで丸くなってる鬼王丸は亀、という見立てになって、何ともめでたい雰囲気で幕。……何だか意味不明な終わり方。


と、大体このようなあらすじ。何だか、仇の祐経がいやに潔くカッコよくて、肝心の曽我兄弟は、ただ怒ってるだけとなだめてるだけ……と、情けない感じがしないでもない。

しかし、この芝居の見どころは内容にあるのではない。主人公の曽我十郎、五郎、それから仇の工藤祐経、名わき役の朝比奈三郎、鬼王丸、きれいどころの花魁二人——と、曽我物語のキャラクターが一つの舞台に全員集合しているところが、この芝居の面白さなのだ。これは、何でもアリの芝居だからこそできることで、本物の曽我物語では絶対に起こらないことだ。

全キャラクターが夢の競演を果たし、では、今まさに仇討ちが行われるか……と緊張感が高まったところで、年長者の祐経が「巻き狩りで討たれてやろう」と、うまく諭す。

「ではこれにて一件落着！」

と、揉め事が収まったところで華やかにフィナーレなのだ。この、「ああ、よかった」とホッとするところで終わる、というのが、実に正月に合っていると言える。

さて、偉そうに歌舞伎について語ったが、実はわたしは一度も歌舞伎座に行ったことがない。テレビの映像を見ただけである。もうちょっとチケットが安ければ、十郎と五郎に会いに行きたいのだが……今少し財布が太らなければ無理そうである。

# 富士の巻き狩りにて本懐を遂げる　建久四年五月二十八日

吾妻鏡《あづまかがみ》の建久四年（一一九三）正月五日の記録に、まことに不気味な記録が一つ残っている。

「工藤左衛門尉祐経《くどうさえもんのじょうすけつね》が家に怪鳥《けちょう》飛び入る。その号《な》を知らず。形雉《きじ》のごとし」

誰もその名を知らぬ怪鳥の出現に、祐経も不吉なものを覚えたらしい。卜占《ぼくせん》して祈祷をしたと記してある。

――この事実を、曽我兄弟が知っていたかどうかは分からない。けれども、このわずか数か月後に、兄弟によって討たれた事実を思い合わせると、何とも言えず運命の成す不思議を感ずるのである。


さて、将軍の催す富士の大巻き狩り。これぞ天が与え給うた最後の機会。こたびこそはと勇躍し、馬を駆る兄弟。曽我から富士の裾野は近い。かつて五郎が六年間祈った箱根を過ぎ、眼の前に白扇逆《はくせんさか》さまにかかる富士の名峰が見えてくる。

「場所も多い中で、日本無双の名山、富士の麓で宿願を果たし、屍をさらすのは今生の思い出、冥途への土産話となろう」

勇ましく言い合いつつ、曽我兄弟は浮島河原《うきしまがわら》で富士野の狩場へ向かう将軍の一行に追いつく。信濃《しなの》の狩りの時のように、逃げ隠れはしない。二人とも馬にまたがり、将軍の供の中に加わった。

しかし、これを将軍源頼朝《よりとも》が目ざとく見とがめる。

「あの曽我の冠者《かじゃ》ども、誰の許しを得てここに参った。召し連れると指示した覚えはないぞ。奴らの顔を見ると、かつて伊東祐親《いとうすけちか》が我が子を殺めたことが思い出されて不愉快だ。……だいたい、奴らの油断ない顔つきが気に入らぬ。おそらく、祐経を狙ってここへ来たに相違ない。梶原《かじわら》、奴らに留守の役を命じてこい」

と、側にいた梶原源太《げんた》に命じた。

……実に執念深い、頼朝の恨み。兄弟が姿を見せることすら許さない。

さて、すぐさま将軍の嫌な顔色を見て取った兄弟。――留守役をいいつけるなど、将軍の常套手段、本心は兄弟の身柄を拘束して、首を斬ることにあると察する。

こうした身の危機に、いち早く行動するのは五郎であった。

「兄者人、早く逃げよう。将軍の腹は分かっている。我々に留守の役を命じて閉じ込めておいて、その後で鎌倉に引っ立て、由比ガ浜《ゆいがはま》で首を斬るおつもりなのだ。いまいましい、まったく執念深く我らを恨んでいることだ。ご覧なされ、気に入らぬ者は遠ざけ、追従する者は寵愛する。チッ、まったく嫌な世の中だ。さあ、とっとと行こう。こんなところでぐずぐずしているから見とがめられるのだ。先に狩場へ潜んでいて、そこで祐経を待ち伏せするのだ」

「よし、先回りだ。来たれ、五郎」

こうして、兄弟は将軍一行よりも先に富士野へ行き、そこで息をひそめて祐経を待ったのだった。


建久四年（一一九三）、五月二十六日。ついに、運命の富士の巻き狩りが始まった。

富士の裾野の大仇討ち。一に富士、二に鷹の羽打交《はのうちちが》い、三に上野で花ぞ散りける（注1）――と謳われし、日本三大仇討ち。屍を山麓《さんろく》にさらし、名を万天に輝かす、その兄弟の快挙やいかに。

その壮烈、悲惨。曽我物語と、吾妻鏡の記録から紹介したい。

――巻き狩りとは聞き慣れぬ言葉だが、山の上の方からたくさんの勢子《せこ》たちが、鉦《かね》や太鼓で大きな音を立てて獣を追い落とし、麓で待ち構えている武士たちが、思い思いに獣を射る狩りのことをいう。

しかし、こたびの富士の巻き狩り、その規模たるや尋常ではない。

驚くなかれ。明治時代に書かれた史料によれば、その面積、約六千四百八十ヘクタールなり！　駿河《するが》の国駿東富士両郡《すんとうふじりょうぐん》より甲斐《かい》の国南都留郡《みなみつるごおり》に及び、現在の白糸から富岡まで、約六村を含むという、まさに我が国開闢《かいびゃく》以来の広大さ。

将軍頼朝が陣屋に入るや、優れる武士の精鋭集まること雲のごとし。未曽有《みぞう》の狩猟、まさにこれより始まらん。将士みな手に唾《つば》し、鹿、猪、兎、狼を狩り立て、追い立てる胆と勇。一命軽く功重く、競える猛者は東へ西へと駆け回る。

勢子の声、獣の雄たけび。のぼりの閃き、風に唸《うな》れる矢叫び、太刀のきらめき。武士たちは普段の生活は質素倹約を重んじるが、戦や狩りの場では晴れの衣装を身にまとう。逞しき名馬にまたがり、思い思いに身を飾り、我こそ第一番の功名せんと弓に矢をつがえ、片っ端から射て落とす。

射た獲物は名札をつけて、どんどん頼朝公に御覧に入れる。優れた獲物はそれに応じて恩賞が下されるので、人々はますます勇み立ち、あそこでは鹿の群れを追っているかと思えば、こちらでは熊を数十人がかりで仕留める。それが大富士を背景に、何十か所、何百か所で一時に行われているのだから、まさに古今稀に見る大壮観。

……その中で、曽我兄弟もまた獲物を狙っている。彼らの狙う獲物は、鹿や猪などにはあらず、眼前の人にあり。

兄弟も、この日は母にいただいた新しい小袖を身にまとい、きりりと狩りの装いに身を固めている。十郎その日の装束は、萌黄匂《もえぎにお》いの裏打った笠をかぶり、群千鳥《むらちどり》の直垂《ひたたれ》に夏毛の行縢《むかばき》（馬に乗って遠出する時、両足の表面を覆う履物。鹿の皮で作られる）。藤の弓を担いでいる。その様雄々しくも、ま

---

（注1）一に富士、二に鷹の羽打交い、三に上野で花ぞ散りける……「日本三大仇討ち」を現わす言葉。「富士」は曽我兄弟の仇討ち。「鷹の羽打交」は忠臣蔵で、浅野家の家紋が鷹の羽を合わせた柄であることから。「上野」は伊賀越えの仇討ちが行われた場所を指している。

た優し。

五郎その日の装束は、薄紅の裏の笠を深くかぶり、ところどころに蝶を染め出した直垂に紺の袴。秋毛の行縢。大きな矢に、白藤の弓を担ぐ。キッとたたずむ、その姿勇まし。

いずれ劣らぬ梅桜。実に凛々しい武者姿の二人。兄は千鳥、弟は蝶の柄の衣装。その後兄弟の死に装束として、広く知れ渡り、曽我兄弟といえば別名、「蝶千鳥《ちょうちどり》(注2)」の名で親しまれることになる。


さて兄弟は、兄は野を馬で駆け、弟は丘の上に登って仇を探し回る。

「ぬかるな、五郎」

「申すまでもなし」

と、互いに目と目で心通わせ、ひたすら敵の姿を追う。

と――、突然、丘からあたりを見回していた五郎が、近くに祐経の姿を発見した。

祐経のその日の装束は華やかであった。綾の直垂、大まだらの行縢、金砂で模様をあしらった竹笠を粋にかぶっている。丈が四尺七寸もある真っ黒なよく肥えた馬にまたがり、前を走る三頭の鹿を追っていた。

これほど近くに、仇の姿を認めたことはかつてない。すわやと躍り上がって喜ぶ五郎、

「兄者！　兄者人、あそこに！」

叫びつつ、弓で方角を指し示す。

「何、どこだ」

草原を分けて進んでいた十郎。しかし、丈より高い薄《すすき》が邪魔で何も見えない。鐙《あぶみ》の上に立ち上がって小手をかざすと、はたしてそこに仇の姿を認めた。弟を振り返って頷き、

「いざや――」

待ちに待ったる本望成就が、目前に迫る嬉しさ。今こそ――。

兄弟は目で語り、心通わせて、同時に矢を箙《えびら》（背に負うた矢を入れる筒）から抜き取った。

天運巡り来たり。くしくも、父が死んだのも狩り場であった。貴様の死に場所が狩り場になるのは、これは定めだ。いざ、させたまえ！　報いを知らせる恨みの矢に、怨敵の生命を奪わんとするは束の間なり――。十郎が満月のごとく矢をつがえれば、五郎も同じく、祐経の首の骨に焦点を定める。

矢から指を離す、その刹那であった。思いもよらぬ不幸が十郎を襲う。

十郎の馬がたいそう痩せているのは、たびたび指摘した通りだが、そのために馬は駆け通しに駆けて疲れていた。くるりと馬首を返したその拍子に、馬がつつじの根に足を引っかけ、どうと音を立て

（注2）かなり古いけれど、「由比ガ浜べの五月雨に　濡れて幼き蝶千鳥♪」という歌があって、わたしはこの歌が大変好きだ。もう一度流行らないだろうか？（曲名『曽我兄弟』上田敏作、昭和十一年）

て倒れたのである。「アッ」と声を上げる間もなく、十郎はたまらず真っ逆さまに落馬した。

「兄者人！」

五郎が絶叫する。――この時の五郎の様子は、曽我物語にこう語られる。「兄のありさまを一目見て、目もくれ心も消えにけり」

その一瞬、五郎は祐経を射ることができたはずだった。この一瞬のために、彼らは何年をかけたことか――。しかし兄の危機と、仇を狙う千載一遇の好機と――同時に並べた時、五郎にとって兄への思慕は仇への恨みよりも大だった。弓も矢も何もかも投げ出して、狂気のように弟は兄の元へ走ったのである。

「兄者人――兄者人……」

馬から飛び降り、兄を抱き起す五郎。その間に、祐経ははるかに去ってしまった。去っていく祐経の、太った逞しい黒馬。対して、十郎の痩せ衰えた葦毛の馬――。比べ見て、五郎はため息をつく。

「ああ、こたびこそはと思ったのに、我らほど仇討ちの成就に縁遠き者はない……。馬さえ強ければ、こんなことには――これもまた貧しさから来るもの。兄者人、無事か……」

その後も兄弟は必死に仇を探し求めたが、結局その日も虚しく暮れてしまった。夜は例によって、夜もすがら宿の周りをうろつく。この時、兄弟は宿の近くにそそり立つ大岩の後ろに隠れて祐経を見張ったが――この大岩、「曽我兄弟の隠れ岩」は、現在もこの地に残っている。

その後、兄弟に好機はなかなか巡ってこなかった。武運の拙さを嘆きつつ、一日目、二日目、そしてついに三日目までが暮れようとしている。

この様子を、遠目に見ていた人物がある。今まで幾度か兄弟の危機を救ってきた、畠山重忠《はたけやましげただ》であった。

「憐れな奴らよ。あれほどの執念。昔の平家の御代であれば、仇討ちはたやすかったであろうに……。さりながら、今は鎌倉殿の御代であれば、かようなことも叶わず……」

重忠は情け深い武士であった。兄弟の苦境と決意に感じて、彼は二人を何としても助けてやりたかった。しかし、自分は頼朝の重臣。表立って援助してやることはできない。

彼が悩んでいるとそこへ、ポツリ、と一粒雨が降ってきた。

「オヤ」

と見上げれば、これはどうしたことか――それまでの好天が嘘のように、みるみる黒雲が空を覆い尽くし、たちまちたらいをひっくり返したような豪雨となった。

「これはかなわぬ。もはや狩りどころではないわ……」

重忠が慌てて陣屋へ入った、その時であった。梶原源太からの使いが来た。

「突然の雨ゆえに、本日をもって狩りは終わり、明日、将軍は鎌倉へ戻る由――」

「何！」

明日、鎌倉へ帰る。無論、祐経も――。兄弟は知っているだろうか……。

「知らせてやらねばならぬ」

畠山重忠は、すぐさま紙と硯を用意した。人目をはばかり、歌にその意味を込めて兄弟に届ける。

まだしきに色づく山のもみぢかな　この夕ぐれをまちてみよかし
これを見た十郎は顔色を変えた。歌に堪能な彼は、すぐさまその意味を察する。

「重忠殿がこのように書いて送ってきた。五郎、この歌の意味は分かるか」

「いいえ、まったく」

直線的な五郎はわびさびと縁が遠い。

「今宵でなければ、祐経を討つことはできぬと教えて下さったのだ。狩りは今日限り――明日は鎌倉へ帰るということだ。五郎、今夜だ」

「珍しくも思い切りましたな」

五郎がニヤリと笑うと、

「申すまでもなし」

と十郎も頷いた。

今宵、寝静まった頃を見計らい、宿に忍び込んで討つ。……成否は天に任し、身を捨ててこそ浮かぶ瀬もあれ！　我らの命が終わるのも、本日、今宵――。覚悟を決めた二人は、夕暮れに祐経の宿を探しに行く。

「五郎、二人揃って歩いていては人目に付く。わたしの方が人の顔を多く見知っているから、わたしが探そう。お前は先に宿に帰っていてくれ」

五郎は、兄と別行動は嫌だった。仇討ちを果たしたなら、すぐに死ななければならない。まだ命のある残り少ない時間、寸暇も離れていたくなかった。「それは嫌だ」とぶつぶつ文句を言ったが、

「ここまできたら慎重になれ。人目に付いて、我らがここに来ていることを祐経に知らされでもしたらどうする。敵に逃げられては宿願を果たせぬぞ」

と説得され、しぶしぶ従って宿へ帰った。

この時、雨はいくぶんか小降りになり、あなたこなたの幔幕《まんまく》の内からは、「山におるのも今宵限り」と、華やかな酒宴の声が聞こえていた。これまでの狩りで仕留めた獲物を山と積み、それを肴にうち騒ぐ声は実に賑やかなもの。

その中を、一人になった十郎は、次から次へと立ち歩いた。どの宿にも、その家の紋を染め抜いた幕がかかっている。笹竜胆《ささりんどう》の幔幕は、言うまでもなく将軍頼朝公の御座所。その左、三つ鱗《うろこ》は北条時政《ときまさ》、右手の白地に三つ引《び》きは和田義盛《よしもり》……。一つ一つ、それとなく見つつ歩くうちに、ふと、見覚えのある紋が目に入った。

「これは――」

見間違うはずがない。庵《いおり》に二つ木瓜《もっこう》(注3)、これは我が伊東一門の紋。一門が滅び、我らも曽我を名乗り、伊東を名乗る者がいなくなってしまってからは、誰も使っていないはずだが――一体、誰が……。

顔を巡らして宿の中を覗き、ギョッと目を見張った。まさしくそれは、工藤祐経の宿であった。

瞬間、総身の血が凍り付く気がした。そうだ。工藤祐経は、鎌倉殿から我らの故郷をすべて受け継いでいる。そしていつの間にか、この紋までも公然と使ってはばからぬようになっていたか――。

「……そも、工藤の紋は一つ木瓜であったはず。二つ木瓜は伊東だけが使う紋所。それを――それを……」

目もくらむような気がして、しばし呆然とする。少しの間、十郎はぐずぐずしてしまったかもしれない。すぐに立ち去ろうと、踵《きびす》を返したその時、祐経の宿の中から声をかけられてしまった。

「や、そこにおられるのは曽我十郎殿ではないか」

それは、祐経の郎等《ろうとう》の一人であった。しまったッ、と唇を噛んだが、もはや遅い。郎等はすぐに祐経に告げる。

「殿、今そこに、曽我十郎殿がおられます」

「ほう、曽我十郎が……」

――その声、十郎はぞっと鳥肌立った。初めて耳にする仇の声。今まで十郎は祐経を遠目に見たことはあっても、目の前に見たことも、ましてや声を聞いたことなど一度もなかったのだ。

祐経の声はなおも続ける。……すでに、酒の酔いに怪しくなっている舌であった。

「ハハ……、さだめし酒宴をする声を聞いて、うらやましく思って覗いていったのであろうよ。ここへ呼んで飲ませよ」

仇と狙われている男が、その当人を酒の席に招く。――いぶかしい気もするが、そこはいつぞやも箱根で五郎をいいようにあしらったほどの祐経。今もまた、十郎を相手に何事か企んでいるのである。

一方、十郎は思いもよらぬ展開に心臓が止まる気がした。しかし、ここで断ったり逃げたりすれば、逆に不審に思われる。……いや！　これは逆に好機である。今宵のために、館の様子を詳しく知ることができよう。――早くも思い切るや、さあらぬ態を装った。

十郎は普段、物柔らかで大人しく、ともすれば優柔不断に見えるが、覚悟を決めると人一倍、大胆不敵な男である。

（注3）庵に二つ木瓜

「では」

と、持ち前の冷静さを取り戻し、臆する色なく平然と中へ入っていった。

「……様子やいかに」

さりげなく、八方見渡すその眼には、微塵も油断がない。

酒宴は華やかであった。雨のつれづれに呼び寄せたと見えて、美しい遊女が二人。数多くの郎等たち。そして、ずっと奥に座る人物こそ、工藤祐経。傲然と大杯傾けて酒をあおっている。祐経の横では、当年九歳になる息子の犬房《いぬぼう》が酌をしていた。

「オオ、十郎殿、そこは端近《はしぢか》。これへ、これへ」

と、祐経が右手を上げて差し招けば、十郎はつかつかと側近くに寄って座につく。祐経は赤くただれたような酔眼を、じいっと十郎に据えていたが、何を思ったか突然、

「十郎殿、かねがね御身たち兄弟は、この祐経を仇と狙っていると承っておる。それは真か、え?」

――初対面の相手に、切り込むようなこの言葉。十郎は内心ぎくりとしたが、白い顔を取り澄ましたまま、

「さ、それは……。思いがけぬことでございますな」

と、物柔らかに微笑んでみせた。

祐経は酒乱であった。大人しい相手に気を大きくして、さらに続ける。

「ははあ、祐経が父御の仇というのは、おおかた祐経の出世をねたむ者の讒言《ざんげん》であろうが……。それはまったくの心得違いというものよ、まあ御身たちがどう思っていらるるか知らんが、祐経にはさらさら身に覚えもなきことにて、実に迷惑至極。考えてもみられよ、十郎殿。御身らの父御が赤澤山で討たれた時、京都にあった祐経が、どうしてどうして河津殿を討てようぞ。それをまあ、あれこれ言われるのは、何ともはや浅ましい次第よ、のう、十郎殿。

ま、さりながら、また考えてみればあながち、影も根もなき戯言とも言われぬこともない。確かに伊東祐親殿に対し、祐経にまったく恨みがなかったわけではないからの。祐経が受けるべき所領を、すべて祐親殿に横領された当時は、少しく恨みもしたものだ。しかし、祐親殿は義理の父であること。何事も穏便に済ませねばならぬ、それが人の道よと大人しく忍んできたのだ。

そんな折に河津殿が討たれてしまい、こともあろうに祐経が討ったなどと、まことしやかに出鱈目が飛び交ったのは実に心苦しい。毛頭覚えのないことよ。な、お分かりかの、十郎殿」

水が低きに流るる弁舌で、祐経はとうとうと嘘をつく。舌先三寸で鷺《さぎ》を烏《からす》とうまく誤魔化し、十郎祐成《すけなり》を騙しすかそうとする算段。しかし、こんな口に任せた嘘八百で、どうして十郎を騙しおおせることができようか。人を知らぬということは恐ろしいことである。

十郎は相変わらず、きちんと座ったままで涼しの態。少しうつむいた顔の中から、冷え切った流し目で祐経の顔を打ち眺める。祐経は相変わらず酔った舌で弁じたてる。

「こうしたわけで、今までそなたたちに恨まれる次第になってしまっていたのだが、ずっと気にかかっておったのだ。十郎殿、今まで同じ伊東の一門でありながら、会う機会もなく、こうして親しく話すこともなかったのは、いかにも残念でならん。しかし誤解が解けたならば、以後は親戚として、何事も祐経を頼りたまえ。……すべての誤解は、御身たちがいらざる他人の口の端を、うかうかと信じなされたからだ。まあ、若い人の血気というのであろう、ただ一途に思い込んで誤解しておったのだな。今後は決して、心得違いにも祐経を仇と思ってはならぬぞ。よく聞きたまえ、十郎殿」

「は……」

「この祐経ほど力のある親類は他にない。そなたさえ心を開いてくれれば、わたしはいくらでも力になろうというもの。そなたはわたしにとっては甥、これからは親とも思いたまえ。将軍に申し上げて、奉公をかなえ、所領も得られるようにしよう。そなたの馬を見るに、見る影もなく痩せ衰えているな、え？　今度は五郎殿も伴って伊東へ参り、好きな馬を選ぶがよかろう。ささ、仲直りの盃を受けてくれんか。ハハハハ……。第一、たかが二人の痩せ腕で祐経を討たんとしても、今生ではかなうまいぞ」

なだめ、すかし、恩に着せ、そして脅す。あの手この手で十郎を丸め込もうとする祐経。忍耐強い十郎だが、この侮辱に侮辱を重ねる言い草には、さすがに胸をえぐられる思いがした。祐経が「さあ、一献、一献」と酒をなみなみ注いで渡してくる、その高慢な笑い顔が面憎い。「この盃を、奴の面《つら》に投げつけようか」とさえ思った。

初対面の相手を、これほど侮り、面と向かって辱《はずかし》めるとは悔しい――。この場にいる遊女たち、郎等たちは自分をさぞかし不甲斐ない奴と思って、心中笑っていることだろう。長年の親の仇、今からは我が仇。今ここで太刀を抜き、胸ぐらつかんで刺してやろうか――。

ここまで考えて、十郎は自分の膝をつかんで耐えた。

「待てしばし、我が心よ。五郎がわたしを信じて待っている。今も――今も、一心にこの兄を待っていることだろう。わたしと五郎とは、兄弟と言いながら永遠の契りを誓った仲。わたし一人で心はやって祐経を討ち、わたしが斬首となったら――。五郎はどうなる。罪人の弟として哀れにも捕縛され、どのような罰を受けることか。あれをたった一人残しては死ねぬ……」

祐経よ、いくらでも暴言を吐くがいい――貴様の命は、あと二、三時の内だ……。

気を取り直し、笑顔を取り繕いつつ、

「工藤殿、仰せ、一々ごもっともでございます。御酒頂戴つかまつらん」

と、弟のために耐え忍び、祐経が強いる酒を立て続けに飲んだ。その様子を見て、ますます上機嫌になった祐経は大声で言う。

「あいや方々、わしは本日より、この十郎祐成殿と親子の契りを交わすことにする。のう、十郎殿、これはわたしの息子の犬房だ。これからは、これを弟と思いなされ。犬房よ、そなたもこの十郎殿を兄と思え。さあ、親子の契りを祝わん。ただし、ちと所望があるぞ。ま、大したことではない、聞いてくれるか。十郎殿、そなたは舞の上手だと聞いておるぞ。是非ともそれが見たい。一つ舞いたまえ」

――何をぬかすか。我が弟はこの世にただ一人。

煮えくり返る胸の内。けれども色には微塵も出さず、十郎はサッと扇を開いて立ち上がった。

〽君がすむ　かめのふる山の瀧つせは……

思い乱るる舞の手。差す腕、返す袖。十郎は乱拍子の名手であった。もとより喜んで舞う舞ではない。仇の前で舞うなどあまりに無念、やるせない。けれども耐忍の力に富む十郎、事を荒立ててはならぬと、昏噛んで拍子面白く舞う。――座敷に連なる人々は十郎の思いを知る由もなく、評判通りの舞にいよいよ興を催し、その舞の手ぶりの鮮やかさに手を打って喜んだ。

しばし舞って、十郎は祐経が手を叩く前にかしこまり、扇を取り直して言った。

「明日、また参ります。今宵はこれにて」

これ以上長居はできぬ。五郎がどれほど待っているか……。これほど帰りが遅くなって、今頃さぞかし心細い思いをしているに違いない。

人々が「まだよいでしょう」と引き留めるのを振り切って、十郎は逃げるようにして外に出た。

幕の外に出て、ようやく息をつく。

「酷い目に遭ったものだ……」

すぐに帰ろうと思ったが、その時、祐経と座敷の者たちが語る声が聞こえてきて、思わず足を止めた。

「殿、あの者は本当にご一門の方でございますか。実に美しい若者でしたな。あの者の父親を討ったというのは、真ですか」

「ハハ……言うまでもない。あの男の祖父は本当にとんでもない奴で、わしの所領をすべて横領したのだ。昔からの郎等に命じ、河津三郎を射殺したことは、この祐経に間違いない。伊東の一門は先の戦で攻め滅ぼされ、今はこの祐経一人となったことは、まさしく、天のはからいというのかの。それで鎌倉殿は、わしに伊東の領地をすべて下さったのだ」

「なるほど、それではあの者が恨むのももっともでございますな」

十郎は外で一人、それを聞きながら、サッと顔に朱が走るのを感じた。太刀の柄を握る手が震えてカタカタと音が鳴ったが、「待て！」と心に念じて耐えた。「五郎が待っている。弟が待つ限り、この身は千金より惜しまれる……」

祐経たちの会話はなおも続く。

「だから、曽我の兄弟たちの分際で、わしに手をかけようなど思い上がりも甚だしいのだ。蟷螂《とうろう》（カマキリ）の斧。蜘蛛《くも》が網を張って鳳凰《ほうおう》を待つ風情というもの。憐れな奴らよ」

「……それは悪しざまに言い過ぎでございましょう。さきほど、十郎殿が片手を太刀の柄にかけた時、事を起こすかと内心ヒヤリとしたものでしたが、まったく顔色に出さなかった。舞さえ舞って帰った振舞は、なかなかに一筋縄ではいかぬ沈勇。滅多にご油断なさるな。良きつわものでございますよ、あれは」

「ハハハ……。どれほどのものがあろうか。人は酒で本性を出すものだが、十郎はわしが何を言っても、まったく怒りもしなかった。え、復讐の志などありはせぬよ。たかが知れた兄弟二人、地から雨が降るほどの間違いが起ころうが、この祐経が討たれることなどあろうか。南無阿弥陀仏、南無阿弥陀仏」

……運命が引き起こす不思議。物事には何事も前兆というものがあるという。後になって思い起こせば、この冗談で呟いた念仏が、工藤祐経が唱えた最後の念仏であった。

神ならぬ身の悲しさ。この時、屋外で耳をそばだてていた十郎が、冷ややかに微笑んだのを祐経は知らない。


一方、五郎は兄を待ちわびて、ただひたすら宿の門にたたずんでいた。常日頃、兄の一身が案じられてならない彼。言いつけを守って、じっと待ち続けていたが——どうしたことか、日が傾き、夜が広がる頃になっても帰らない……。

「一体、どうしたことだ。これほどに帰りが遅いとは兄者人にも似合わぬ——。もしや、何かあったのでは……」

敵の館を窺っているうちに、もしや——と不吉な思いばかりが巡り、居てもたってもいられない。とうとう堪えかねて、「もはや待てぬ。捜しに行こう」と駆け出そうとした。

十郎が戻ったのは、ちょうどその時。

「すまぬ。遅くなった」

と、ようやく帰ってきた兄に、五郎は「ああッ」と泣かんばかりに駆け寄った。

「兄者人、なにゆえこれほど遅く……。待っているだけの身は寂しい。わたしがどれほど心配したか……」

「わたしも、お前の心の内がしのばれて、やっとのことで帰ってきたのだ」

散々待たされて、まだ怒っている五郎に、十郎は祐経の宿で起こった出来事を語る。祐経の郎等に見つけられ、座敷に呼ばれたこと。客人が多くいたこと、遊女も二人いたこと、そして――

「わたしも散々盃を強いられ、舞をまわされるはめになって、思いのほか遅くなってしまったのだ。祐経は祖父や我らを侮辱し、さすがに堪えかねて斬ってしまおうかと思ったのだが――お前との約束を思い、手に握った仇をそのままに帰ってきたのだ」

「兄者人――」

聞いていて、五郎も胸が詰まった。宝の山に手を入れて、あえて取らずに帰る風情。これほどの好機を、自分のために棒に振った兄の心が身に染みた。

「あれほど狙いつつ討てなかった仇を、刺そうと思えば刺せたのに。わたしのために――。この五郎を思って、耐えて下さったのか。兄者人、五郎はうれしい……」

「言うまでもない……。我ら、あれほどに約束したではないか。仇を討つ時は必ず二人。断じて離れることはないと――」

それから、十郎は立ち並ぶ屋形の次第を詳しく語って聞かせた。

――曽我物語によれば、この富士の巻き狩りで建ち並ぶ屋形屋形、まるで一つの町、巨大な城塞のごとし。宿の数だけでおよそ一三〇〇。将軍頼朝の巨大な宿舎を中心に、二重に垣を巡らし、東西南北に門がある。その中に立ち並ぶ武士たちの屋形は、さながら銀河のごとく。講談に言葉を借りれば「幕は雲のたなびくがごとく、屋形は櫛《くし》の歯にも似つらん。人を並べて垣を作り、馬を集めて柵とするなん」

原作では、几帳面な十郎はここで宿舎の名を長々数ページにわたって語るのだが――、ここでは割愛させていただく。重要なのはこの数行だけ。

「工藤、梶原、本間、渋谷、南条、深堀の人々が鎌倉殿の屋形の周りに宿を並べ、厳重に守護している。まるで櫛の歯のように軒を並べ、立ち入る隙もない。見事な武家の棟梁よ。この、西のはずれが目指す工藤祐経の館だ」

蟻の入る隙間もないほどの、厳重な守りの宿所。しかも、そのところどころには木戸があり、見張りの者たちが厳重に固めている。途中で見とがめられ、斬って捨てられるかもしれない……。

しかし、五郎はその様子を聞いても顔色一つ変えなかった。この勇猛児は、敵が強ければ強いだけ、陣が破り難ければ破り難いだけ、血を煮えたぎらせて楽しむ、生粋の坂東《ばんどう》武者であった。

「どれほど破り難い陣でも、祐経一人さえ討ち果たしたなら、それでいいのだ。たとえ何万の武士がいようと、物の数ではない。我らを罵ったその口を切り裂いてくれる。まあ、敵もあと二時、三時の命であろうよ」

と、不敵な高笑いを響かせて喜ぶのだった。


……祐経の宿舎での酒宴は、まだ当分終わるまい。まだ夜は浅い。兄弟はこの日ろくろく食事を取っていなかったので、二人最後の食事を取り、それから母に宛てて遺書を書くことにした。思えば彼らは、兄は九歳、弟は七歳の時から、ただ一人の親に一度も本音を漏らしたことがなかったのだ。

二人、灯火《とうか》をはさんで向かい合い、おのおの筆を執る。書けども書けども、思いは筆に余って尽きない。

月夜に雁《かり》を見て嘆いたこと、母に仇討ちを止められたこと、一つの床で二人語り合ったこと。十郎は十三で元服し、五郎は十一で箱根に預けられたこと。夜間、五郎は箱根から逃げ、母に勘当されたこと――。信濃の狩りへ徒歩で付き従い、祐経を狙うも討ち損じ、二人抱き合って涙を流す。小袖を望み、勘当を許され、曽我を後にし――。

そして今夜、この富士の裾野で命を散らし、もはや二度と戻らないであろう。今は不孝にも先立つが、来世にて必ずや母上にお目にかからん――と。

――思い返せば、何もかも夢のごとくに思える……。まこと人の一生など、過ぎてみれば一夜の夢に似たり。

書き上げた遺書は、二人ほとんど文面が同じであった。それも道理、姿も性質も異なれど、かくも心を一にして、寸時も離れぬ二人であれば。

きつく巻いた二つの遺書を、曽我に届けるように家人に手渡したのは夜半過ぎ。雨の中、家人は巻物を抱えて走りゆく。その後姿を見送り、また空を眺むれば、静寂として夜色はしんしんと更けてゆく。

……吾妻鏡には、この二つの遺書のその後が記されている。

「祐成、時宗《ときむね》最後に送る書状等を母のもとにおいて召し出さるるのところ、幼稚よりこのかた、父の敵を討たんと欲するの旨趣、ことごとくにこれを書き載す。将軍家感涙を拭ひてこれを覧《み》、永く文庫に納らるべし」

――二人の遺書に感激した将軍が、これらを文庫に納めて保存させたと……。

残念ながら、これ以後の記録はまったくなく、八百年の年月のうちに書状は失われてしまったと考えられる。しかし、兄弟の遺墨を将軍家が惜しく思い、文庫に保存して、末永く伝えようとしたことは確かである。

——今や偵察するべきは尽くし、訣別の辞も済み、もはや兄弟は思い残すことは何もなかった。いよいよ、最後の支度にとりかかる。

仕度といっても大したことはない。侍烏帽子をきつく締め直し、直垂の袖を背で結ぶ。十郎は群千鳥の直垂に、黒鞘《くろさや》巻きの赤銅づくりの太刀。五郎は蝶の直垂に兵庫鎖《ひょうごぐさり》の太刀。二人、上から蓑《みの》を羽織り、竹笠を深くかぶる。

この時、昼間はいくらか小やみになっていた五月雨《さみだれ》が、夜になってまた激しく降りだしていた。これこそ天の与えと、十郎は松明を用意して、勇んで外へ出ようとしたが——、不意に立ち止まって、後ろにいる五郎を振り返った。

「こちらを向け、五郎。見飽きぬその顔を見せてくれ」

いざ討ち入ったら、互いの顔を見る暇は二度とあるまい——。今こそ、死出の首途《かどで》。兄の言葉に、五郎も思わず駆け寄って松明を振りかざして見た。

「兄者人——、この世で、兄とお見上げするのもこれが限りか。ああ、よく見せてくれ」

右手に松明振りかざし、左手に互いの肩をしっかりとつかむ。

——この顔よ、この姿よ。たとえ我が身が朽ちるとも、心は決して君の上を去らず。互いに、己の顔より、なお親しくかけがえのないその顔。その頬を濡らすのは、涙か、雨のしぶきであろうか。十郎は弟の顔を、五郎は兄の顔を、松明の明かりの中でつくづくと見た。

二人、終始無言のまま。ただ、そのまなざしの中に、二人は短い人生の間に千も万も繰り返した誓いを、今また交わしたかもしれない。我ら、死ぬまで離れまい。死なば一所にて――。

「今はこれまで……急ぎましょう」

やがて五郎が言って、二人は足早に出かけていった。夜は暗くして道は危うし。石の小道、谷の流れを、松明を振りかざし振りかざし進み行く。

「人目を忍んでゆけば、かえって妙に怪しまれる。夜警の武士に紛れて大手を振り、陣所陣所を通って行こう」

太刀を肩に担ぎ、わざと気楽に談笑しつつ歩く。成功しようとしまいと、どちらにしろあと二、三時で死ぬのだ。「これまで」と思い切った兄弟は、むしろむやみに晴れ晴れとした心地であった。

途中、見回りの侍に見とがめられる。

「何者ぞ。これほど夜更けてから通るとは。怪しや、通すまじ」

五郎は例によって太刀に手をかけたが、十郎は少しも騒がず、ニッコと笑みを浮かべて進み出る。

「これはしたり。さような仰せは近頃迷惑。我ら、決して怪しいものではございませぬ。主人の使いに立ち出でまして、思わず時を移しました者。宇都宮の下人にて、弥源太、弥源次と申す兄弟にて」

嘘八百を並べ立て、舌先三寸で丸め込む。雑兵はこのケロリとした態度にすっかり騙されて、

「おお、確かに見覚えがある。そういえば貴公には片瀬から関戸の帰りにもお目にかかったことがあ

りましたな」

……見覚えなどあるはずないのに大勘違い。

「はい。一別以来、ご健勝にて何より……」

「ハハハハ、貴公こそ相変わらず美少年だな。いや、遅くまでお使いとはご苦労。遠慮なくお通りなさるがよい」

いくつかの難関を突破し、ついに目指す工藤祐経の館にたどり着く。

「ここだ、五郎。今ぞ宿望晴らすの時。必ず必ず油断いたすな」

「オオ、兄者人。心得ております」

紋を染め抜いた陣屋を前に、気早な五郎はすぐにも躍り込もうとしたが、十郎が「待て」と押し留めて、最後に手を合わせて神仏に祈れと言った。一つには、首尾よく本懐を遂げさせるように。――そして今一つ。我ら兄弟、今こそ最後の別れだが、死せる後は、二人決して離れることなく浄土へ迎えたまえ、来世までも共に、と。

しばし手を合わせ、やがて二人は覚悟を決めた顔を見合わせた。頷きつつ、足音忍ばせて宿へと入っていく。中の様子は、昼間十郎がよく見ておいたので分かっている。酒に酔って前後不覚に寝ている郎等たちが、ごろごろと転がって寝ている部屋を通り過ぎ、奥の一段高いところにある、襖《ふすま》の前に至る。

「五郎、ここが目指す祐経の寝所だ。ぬかるなよ」

「言うに及ばぬ」

と、小声で言い合い、おのれただ一討ちと勇み立ち、ガラリと押し開いたその時――。

「アッ」

と、二人同時に声を上げた。

何と、祐経がそこにいなかったのである。

「どうしたこと……無人部屋ではないか」

「これはしたり！　奇怪な――」

見るも虚しい無人部屋。銚子《ちょうし》や盃が投げ出されて、酒盛りの様子が残っているが、肝心の本人はどこへ消えたか……。十郎は仰天してあちらこちらと松明照らし、もしや、館を間違えたのではと疑って確かめたが、同じ館、同じ幕に違いない。「さては別の部屋か」と五郎も手あたり次第に次の間へ押し入ったが、高いびきをかいて眠っている郎等以外、誰もいない。

それもそのはず。実は祐経、酒宴で散々うち騒ぎ、十郎が帰った後で、別の館に移ってしまっていたのだ。

何たることか！　兄弟はしばし呆然として部屋の中を見渡す。だがそこには、三日間の狩りで疲れ切り、酒に酔いつぶれて眠る郎等どもが転がっているばかり。

なすすべも知らず、二人は立ち尽くすしかなかった。まさか、こんなことが……。ああ、なぜ自分たちはこれほどに不運なのだ。こうまでして仇を討ち漏らすとは情けない。曽我に手紙を遣わしたことすら悔しい。自害したいほど悔しいというのは、こういうことを言うのか……。

「ああ、兄者人……無念だ！　我ら、神にも仏にも見放されたか。おそらくは卑怯未練な祐経、昼間兄者人に会って、臆病風に吹かれて館を変えたに相違ない」

「五郎よ、そうに違いない。我ら兄弟の武運、よくよく尽きたと覚える……。だが、こうしていても始まらぬ。とにかく探そう。我ら兄弟の一念、いずこの館に隠れようとも、必ず見つけ出さずにおくものか。五郎、来たれ！」

「オオ、逃がすものか！　いでこの上は、陣屋という陣屋、一つ残らず踏み込んで――」

とはいえ、宿だけで一三〇〇もあるのだ。一体どこに……。

こうなれば、手あたり次第に探す他にない。雨の中を血眼になり、片っ端から家探ししてもと、あそこか、ここか、と様子を窺う二人。しのつく雨にしとど濡れ、これぞと思われる宿の表で聞き耳立てる。あるいは中を窺い松明を照らしつつ……。

――と、そこへ、二人をよく知る武士が一人通りかかった。

その日、夜回りをしていた本田次郎親経《ちかつね》である。彼は見るからに怪しげな二人の姿に目を止めて、太刀を二寸ばかり抜いた。が、その二人が曽我十郎、五郎であることに気付いて、抜きかけた太刀を鞘に戻す。

「ああ、もう駄目だ。見つからぬ――。兄者人、この上は自害するしか……」

かすかに、五郎の呻き声が耳に届いて、本田次郎はさっと憐れみの情を生じた。

「あの二人は、今までにも何度も祐経を狙っていた。昼となく夜となく付け狙っていたのを、わたしも見て知っている。二人を謀反人として捕らえることは簡単だが、そんなことをすれば生涯後悔しそうだ……」

夜回り番の本田次郎は、工藤祐経の移った館を知っていた。彼は決意を固めるや、足音を忍ばせて祐経の屋形の戸を開き、それから兄弟の元へ取って返し、無言のまま扇を開いて、二人を差し招いた。

「あれは本田殿……。一体、何を……」

いぶかしんで眺める兄弟に、本田次郎はさっと祐経の館を扇で示して去っていった。――ああ、これぞまことに血も涙もある武士の情け。そして祐経の武運尽きた最後の瞬間。

驚いた兄弟、まさかと思って覗いてみると、教え違わず仇の宿。松明振り照らし、たちまち眼界に映るは、泥酔して横たわる祐経。徒《あだ》なる姿で添い伏す遊女の姿、まさに明瞭。

「ああ！　ありがたい」

二人は手を合わせて本田次郎の後ろ姿を拝んでから、松明を床に振り捨てて部屋の中へ入っていった。

……この本田次郎は畠山重忠の家臣であり、主人の深い情けが身に染みている武士であることを付け加えておく。兄弟が見事本懐を遂げることができたのは、こうして陰となり、日向となって力を添える武士たちの情けがあったればこそ。これもまた、将軍の威光を笠に着て、奢り高ぶる祐経の首が飛ぶ前兆。そして、兄弟の一念が人々の心を動かしたゆえだろう。

命運瞬間に迫り、白刃頭《こうべ》に下らんとするも知らず、祐経は畳を重ねて高いびき。遊女と枕を並べ、裸同然で熟睡していた。それを眼下に見下ろす兄弟。心臓が破裂せんばかりに轟《とどろ》く。

「五郎、よいか、よく聞け。曽我の兄弟が血迷って、女を斬ったと人々に笑われるのは残念だ。十分気を付けて、決して女に手をかけてはならんぞ」

十郎が五郎にささやき、遊女を用心深く畳から下に降ろした後で、二人同時に太刀を抜きはらった。十郎は祐経の枕の方へ、五郎は足の方へ回る。ああ、敵は今こそ手中にあり。十八年の天津風、仇討つ今のうれしさよ。仇を中に、顔見合わせた二人の目が喜びに輝く。

「これほど簡単なことに、何と長い年月をかけてきたことだ。さあ、兄者人。早く斬りたまえ。さあ、早く」

今しも、「この年月の思い、ただ一太刀」と振りかぶろうとする五郎を見て、十郎が手を上げて止める。

「寝ている者を斬るのは卑怯。死人を斬ったも同じこと。起こすぞ」

そして、枕を蹴飛ばして大音声に、

「いかに、祐経！　曽我兄弟を敵に持ちながら、見苦しくも酔いつぶれるか。祐経、起きよや！」

「枕を高くして眠るとは何事か。起きよ左衛門、目覚めよ祐経。河津三郎祐泰《すけやす》が一子、曽我十郎祐成、同じく五郎時宗、ただ今推参《すいさん》。いざ尋常に勝負勝負！」

呼ばわるその声に、がばと跳ね起きた祐経。「こは、いかに」と、慌てて枕もとの太刀に手を伸ばし、酔いが抜けきらぬ足で立ち上がった。見れば、枕元に太刀抜き払って立っているは、かねがね用心していた曽我の兄弟。

「おのれ、河津が小せがれ。小癪な奴！」

祐経は抜き打ちに斬ってかかろうとしたが、

「父の仇、観念せよ！　おのれ！」

十郎が、左肩から右胸にかけて、床板まで通れと斬りかかる。一念籠った切っ先、岩をもつんざくばかり。たまぎる悲鳴を残し、祐経は血しぶき上げて倒れる。間髪おかず五郎も
「憎さも憎し、思い知れや！」

と叫びつつ、脇腹から腰を袈裟《けさ》がけに斬り下げた。大力の五郎、力余って、切っ先が畳から板敷きまで貫いたというから恐ろしいものである。さすがの工藤祐経も何条たまろう。ここに悪業尽きて息が絶える。……父が殺されてから十八年。多年の望みも、とっさのうちに本意を達したのだった。

しばし、兄弟は呆然と足先の死骸を眺めていたが、やがて五郎がふと気が付いて、

「いかに祐経、霊あらば確かに承れ。箱根において汝《なんじ》からもらい受けしこれなる短刀。今こそ確かに返してやる。受け取れ！」

取り出したのは、過ぐる年に箱根で祐経から受け取った赤木の柄の短刀。柄も拳も通れとばかり、祐経ののどに突き刺してとどめを刺した。

その様子をじっとうち守りつつ、

「幼少よりの願いが叶ったぞ。妄念晴れよや時宗、忘れよや五郎……」

と、十郎が五郎に夢のように呟く。

時はまさに建久四年（一一九三）五月二十八日、稲妻ひらめく深夜のことであった。

## 曽我兄弟の最期　建久四年五月二十九日

一陣のサッと吹き荒れる富士の夜嵐。見事仇討ちを果たし、庭先へ出た十郎五郎。その命旦夕《たんせき》に迫れる、兄弟の最期の物語をお聞き願いたい。伝わる物語によって、その内容は大に小に異なるのだが、ここでは最も知られる仮名本と、壮烈な講談の内容から紹介しよう。

……暗さも暗し、車軸を流す雨。時折稲妻がひらめく。連日の狩りの疲れに、侍どもは正体なく眠り込み、その他には、寂として音もない。その中で、身も命も惜しまぬ曽我兄弟は、天地に響けと大音声に呼ばわった。

「皆々、聞きたまえ！　曽我十郎祐成《すけなり》、同じく五郎時宗《ときむね》が、親の仇、工藤祐経《くどうすけつね》を討ってここにまかり出るなり。我と思わん者は、我らの首を取って名を上げよや！」

高らかに名乗る声は屋形屋形に鳴り響く。けれども雷鳴と豪雨の中。まして人々は「狩りは今日限り」と、したたか酒をあおっており、一人も起き出してこなかった。

兄弟は太刀を杖にしばし立っていた。彼らは逃げようとはしなかった。祐経を殺した以上、どこへ逃げようがいずれ捕まってしまう。ならばここで侍どもと華々しく戦い、二人同時に斬り死にしよう。

見事に戦って名を残そうと考えていた。

見れば、先ほど自分たちが祐経の宿に捨てていった松明が床の板敷きを焼き、パッと火の手が上がって、あたりを白日のごとく照らした。それに気づいた女たちが着物で火を叩き、大騒ぎを始める。次いで、祐経の無惨な死体を発見して、つんざくような悲鳴が響いた。

「狼藉でございます！　祐経討たれたり！」

これによって、にわかに場は騒然とし、郎等どもが起き出した。それを見計らって兄弟は再び名乗りを上げる。

「遠からん者は音にも聞け。近くば寄って太刀合したまえ。我こそは伊東次郎祐親《すけちか》が嫡孫、曽我十郎祐成！　我らを討ち留めよや！　無下《むげ》なる（だらしのない）侍ども、我らが仇討ち、今は目に見よ」

「不倶戴天の親の仇、工藤祐経を討ち取りし我こそは、同じく五郎時宗。東八か国の人々、我と思わん者は出合え、出合え！　兄弟相手になり申そう。討ち取って手柄にせよ！」

すわこそ夜討ち！　にわかに起こった大騒動。すべての人々が、弓よ、矢よ、太刀よ、鎧《よろい》よと、ひしめき慌てふためいた。騒ぎ、呼ばわり、叫ぶ声。殺気は漲《みなぎ》り、凄惨を極める。

「夜討ちの者はどこか！　声を上げたのは」

躍り出た者たちに、先にかかっていったのは十郎祐成。

「曽我の冠者《かじゃ》たちが、仇を取ったを知らぬか！」

太刀を横ざまに払い、パッと血しぶきが上がった。

この時の様子、吾妻鏡《あづまかがみ》の中に、手に取るように記される。

「雷雨鼓《つづみ》を撃《う》ち、暗夜灯《ともしび》を失い、ほとんど東西の間に迷う」

あたかも、暗夜の戦場のごとき大殺陣。ひしめく声々は山に谷に鳴り響く。

——こうした中で、長く兄弟たちを心にかけてきた畠山重忠《はたけやましげただ》は、兄弟が呼ばわったその声を聞いて
「ついに果たしたか」

と、心中、二人を祝った。そして今しも打って出ようとする自分の郎等《ろうとう》たちに、

「鎮まれ！　この騒ぎは、曽我の者どもが本意を遂げて仇を取ったもの。兄弟の血に刀を染めてはならぬ。一足たりとも出るな！」

と命じた。

同じ時、和田義盛《よしもり》の館でも同じ命令が出されていた。義盛は郎等たちに兄弟を討つなと告げ、兄弟の声が響く方へ笑顔を向けた。

「よくぞ果たした。喜ばしいぞ……」

しかし、鎮まっているのは畠山、和田の館ばかり。あとは凄まじい打ち合いだった。五郎が「時宗が手並みを見よ」と、愛甲《あいこう》三郎に斬ってかかる。朱に染まった太刀が三郎の右の肩を切り裂く。

岡部五郎、十郎と渡り合い、指二本を打ち落とされて引き下がる。

原三郎が押し寄せ、五郎が左のあばら骨から腰の骨にかけて斬りつける。こうしてまたたく間に兄弟合わせて十人を斬り伏せ、世に「曽我の十番斬り」と呼ばれる。

恐怖に近づけない者。斬られて、慌てて逃げ出す者。兄弟は勝ちに乗り、当たるに任せて斬り立て、薙《な》ぎ立つ。その刃先にかかって死傷する者数知れず。

風は起こり、雲は走り、雨飛び、雷《らい》はためく。兄弟の姿が見えず、味方討ちをする者もいて、

「暗さに味方、敵の区別もつかぬ。敵は兄弟二人ばかりぞ。火を出だせ！　松明に火をつけて投げ出せや」

と、叫んだ者がいた。この声に、たちまち屋形屋形から、我も我もと、競うように松明が投げ出される。松明を持ち合わせていない者は、蓑《みの》や笠に火をつけて投げ出す。おりしも一陣の風がサッと吹き来れば、山のごとき松明は一度にパッと燃え立って、煌々たる火光《かこう》は白日のごとし。兄弟二人の姿はたちまち明らかになった。

ここに、市川次郎が走り出て叫ぶ。

「いかなる愚か者が、鎌倉殿のお館の内で狼藉をいたしたか。名乗れや！」

五郎はからからと笑った。

「今さら何を聞くか！　これなるは曽我の冠者。親の敵に御陣内も構っていられるか。この馬鹿者が、そちらこそ名乗れ！」

「我こそ、甲斐の国の住人、市川次郎なり」

「晴れの戦を知らぬか。知らねば教えてやる。習え！」

叫ぶや躍りかかって、膝まで切り下げる。五郎の勢いに、周囲の武士たちは青ざめる。

この時までに、兄弟合わせて五十人を斬ったとされる。


しかし、兄弟たちの運の尽きる時は着実に近づいていた。

新田《にった》四郎という名の知れた武士が、人々に知恵を授ける。

「敵は二人なれば、一人ずつに引き離し、押し包んで討てや討て！」

これまで、兄弟は互いに背中合わせになって、弟が危ない時には兄が助け、兄が危ない時には弟が助けていたのだった。だが、新田四郎の知恵を授けられた武士たちが、続々と兄弟の間に割って入り、二人は徐々に大勢に囲まれ、いつのまにか引き離されてしまった。

この状況にハッと気づいた十郎。慌てて見渡すと、弟の姿がどこにも見えない。

「五郎ッ、五郎ッ！」

どこにいるのか。傷を負ってはいないか。とたんに胸締め付けられんばかりに弟の身の上が案じられて、

「五郎！　どこだ！　どこにいるのだ！　深入りして傷を負うな。弟ッ、五郎ッ！」

日頃、面憎いほどに沈着な十郎が、弟を失うや別人のように取り乱した。我を忘れて走り回り、声を限りに叫ぶ。されども五郎はどこにいるのか。幾度も呼ばわる十郎のその声切なし。

二身一体の利を失い、頃も良しと、新田四郎が十郎の前に立つ。

「十郎殿！　そなたは我が血族。互いに後ろを見せるな！」

この声に、十郎が振り返る。名の知れた武士の出現に、ハッと我を取り戻して、

「新田四郎殿か。まさしくそなたは親類。今宵はまだまともな敵に出会わず。そなたに会うのをうれしく思うぞ」

「同じことなら一門の手にかかりなされ。いざや！」

言うなり、おめき叫んで火花が散るほどに打ち合った。新田は功名を求め、十郎は身を捨て、両勇士、まさに竜虎の戦い。やがて十郎の太刀が新田の頭を切り、続いて右腕を切る。しかし新田も剛勇無双の武士。傷を負ってますます気負い立ち、少しもひるまぬ。刀を取り直し、目を怒らせ、

「新田四郎、国を出てより、命は鎌倉殿に捧げ、名をば後世にとどむる。この身は富士の裾野にさらすとも、後ろは見せぬぞ。貴様も引くな！」

いずれも名うての太刀の名手であった。互いにしのぎを削り、どちらも一歩も引かない。

けれども、新田は新手であったが、十郎はすでに疲れ武者であった。昼間の狩りから一時も休みを取らず、今また激しい戦いを続けている。腕が下がり、力も弱ってきた。刀に血が伝い、柄がぬらぬ

らと滑った。

新田の太刀を受けたとたん、血のりでずるりと手が滑った。十郎は太刀を横にして退く。と、そのとたん、先ほど五郎に斬られた原三郎がすっと近寄り、横合いから突然十郎の右腕を刺した。

「アッ」と思う間もない。得たりと踏み込んだ新田四郎、十郎の左の肩先から右胸にかけてを深く斬った。

「五郎――!」

倒れ伏しながら、十郎が最期の息で呼んだのは弟の名であった。すでにかすむ目で、必死にその姿を探す。……だが、五郎はどこで戦っているものか、大雨と無数の侍たちの中に紛れて、見つけることができない。

あれほどに愛した弟を、最期に見ることのできなかった、十郎の無惨な胸の内――残る命をふり絞るようにして、彼は今一度、弟の名を叫んだ。

「五郎はなきか! 祐成は新田四郎の手にかかって討たれる。手負いでなければ、お前は鎌倉殿に見参に入れよ。死出の山にて待つ。お前を待っているぞ!」

五郎よ――時宗よ――と、次第に細くなる声で呼びつつ、そのまま息絶えた。享年、二十二歳。曽我十郎祐成は、駿河《するが》の国、富士の裾野の露と消えた。

この時、五郎は離れた場所にいて、兄が自分の名を叫んだのを聞いた。

「兄者人！」

沸騰していた血が、一気に冷めるのを感じる。

「今一度――今一目……」

死骸なりとも一目見ん。ああ、最期に懐かしいその顔を今一度！　吠えたけりつつ、太刀振り回し、垣根のごとき武士たちを薙ぎ払う。

「ええ、うるさい！　邪魔だていたすな。退《の》けや！」

悪鬼のごとく、夜叉のごとく、刃に触る者は斬り倒し、足に当たる者は蹴倒し、

「兄者人、すぐにお側に参る。今、今――！」

と叫びつつ、決死の勇を振るって十重二十重の敵を破り、ようやく虚しい屍の元へたどり着いた。

「兄者人！　ああ――」

死せる兄の身体に、転がるようにしてすがり付く。と、その肩に手をかけた瞬間、

「アッ」

思わず声を上げて、わなわなと震えだした。すでに、十郎の首は新田四郎によって持ち去られた後――。懐かしい顔はどこにもなかったのである。

「こんな……こんなことが……。ああ、兄者人、どうして――！」

首のない死骸に手を触れれば、まだ生けるごときに温かい……。

「ああ!」と夢中でかき抱き、繰り返し名を呼ぶ。動かない手を握りしめ、鼓動をやめた胸に顔押し付けて、ワッと大声上げて泣き出した。

「恨めしや、五郎を置いて……。いつまでも二人だと、死なばもろともにと誓ったのに――! なぜ、なぜ、どうして先に……。兄者人、五郎を捨ててどこへ行く。共に連れていけ……」

なおも蝗《いなご》のごとく武士たちが押し寄せるが、そんなものはもう目に入らなかった。己の命より大事な者を失った以上、今ここで我が身を引き裂かれようと、どうでもよかった。世に、血の涙という言葉があるが、そんな例えも生ぬるい。的と矢のごとく、影の形に添うごとく慕った兄の死。太刀すら投げ出し、もうどうにでもなれと泣き叫んだ。

つい先ほどまで何十人と切った荒武者の、思いもよらぬ嘆きように、周囲の武士たちも思わず刀を下ろした。身を引き裂くような悲しみがこちらまで押し寄せて、声もかけられなかった。

……曽我兄弟のうち、兄が先に死に、弟が残される――。これは、吾妻鏡にも「十郎祐成は新田四郎忠常《ただつね》に合ひて討たれをわんぬ」と明記されていることであり、史実である。

――この時、残された五郎はどうなったか? これについては、仮名本では「あにが死骸にまろびかかりて(略)涙にむせびて伏したりけり」としているが、真名本では「十郎を今一目見んとや思ひけん(略)さのみはえこそ靡《なび》けざりけれ」さしもの五郎も兄の元へたどり着けなかった――としている。

何としても兄の元へ突破せんと、決死の勇を振るうけれども——その身は生身で鉄石ではない。深からねども数か所の傷を負い、ぐるり囲まれてしまっている。破れども破れども、果てることなく新手が加わる。どうすることもできず、喉笛も裂けるばかりに、悲鳴のような声で繰り返し兄の名を叫ぶばかりだったと。

真名本の方が成立が古いことは判明しているので、史実では、そうであったかもしれない……。だが、兄弟の思いを推し測るに、それはあまりにも無情である。せめて、五郎は兄の元へたどり着き、兄弟は最後の最後に、手を取り合うことができたと思いたい。

……さて、兄の死骸に取りすがり、声を限りに泣き伏せっていた五郎。だがここに、堀藤次《ほりのとうじ》という卑劣な武士がいて、五郎に侮辱の言葉を投げつけた。

「五郎はどこへ逃げるか。兄の討たるるを見捨てて落ちけるか」

この言葉に、五郎の激情に火が付く。双眼がギラリと光った。

「兄者人を捨ててどこへ逃げよう。我が首をその手にかけて取ってみよ。今や惜しまぬ命ぞ。さあ、かかれ！」

ゆらり立ち上がって、太刀振り上げる。その恐ろしいほどの太刀影に、堀藤次は急に恐ろしくなって、後ろを見せて逃げ出した。

「ええ、卑怯！　汚しや、かえせッ」

兄が討たれ、全身怒りに燃える五郎、牙をむいてその後を追う。口程にもない臆病武士、悪口吐いたその口を引き裂いてくれると猛り狂う。あたかも、天魔か、羅刹《らせつ》か、鬼神か。五郎時宗逃さじものと背後に迫って追いかける。

「わッ、わッ……！」

と、肝をつぶした堀藤次、きりきり舞いして逃げ回ったあげく、逃げ場を失って、ついに将軍の宿の幔幕《まんまく》はね上げてもぐりこんだ。いかに五郎時宗でも、将軍の御座所には遠慮して入るまいと思ったのだ。

ところが五郎はためらわなかった。否——彼はそこが恨み重なる将軍の陣屋と知って、いよいよ暗い喜びを盛んにした。

「おのれはいづくまで逃げるぞ！」

と、パッと幔幕を翻して斬りこむや、宿の縁側に躍り上がる。これには堀藤次も仰天したが、遠巻きに見ていた武士たちも「すわこそ」と総立ちになった。

「曽我五郎が我が君の御座所に斬りこんだ！　出合え、出合え！」

しかし、当の五郎はそんな上を下への阿鼻叫喚など少しも耳に入らない。彼の耳に響くのは、兄の最期の言葉だけだった。

――五郎はなきか……。手負いでなければ、お前は鎌倉殿に見参に入れよ――。

そうだ、憎さも憎し、鎌倉殿に語ってやるのだ。貴様の膝元で、貴様が寵愛してきた祐経を、我らがこの手にかけて斬り殺してやったと知らせてやるのだ。その耳元で怒鳴ってやる。思い知れや……！

その姿――血潮滴《したた》る大刀引っ提げ、眼光爛々と、顔から全身に返り血浴びて血達磨《ちだるま》のよう。……その阿修羅のごとき様子を見て、「将軍、危うし」と危機を感じたのは、ここに控えていた舎人《とねり》の御所《ごしょ》五郎丸であった。

「南無三、しまった。五郎時宗め、狼藉いたすならば取り押さえねばなるまい……」

が、五郎は音に聞こえた大力。ことに今夜は兄の死に殺気立ち、捨て身となって荒れ狂う。尋常に立ち向かったのでは到底勝ち目があるまい。

そこまで考えた御所五郎丸、とっさに女の薄衣《うすぎぬ》を頭からかぶって床に伏せた。女に見せかけて油断させようというのである。

女が伏しているのを見た五郎、瞬間、彼の耳に

「五郎、女に手をかけるなよ」

と、兄がささやいた言葉が蘇った。

そう語った声を思い出すだけでも、サッと涙がにじむ。

「兄者人との約束を、違えてはならぬ」

そう考えて、構わずに行き過ぎようとしたその時、御所五郎丸はパッと衣を払いのけて、後ろからむんずと羽交い絞めに組み付いた。

「えたりや！　神妙にいたせ！」

御所五郎丸は怪力で知られた若者であった。がっきと抱きつき、ぎりぎりと両腕を締め付けた。しかし、五郎はさらに上をいく大力。

「さては女ではなかったか。卑怯な奴、このものものしい蚊蜻蛉《かとんぼ》が！」

新手をものともせずに、そのままずりずりと五郎丸を引きずって宿の中へ入ろうとする。

これには五郎丸も仰天した。かねて噂は耳にしていたが、満身の力を込めても到底かなわぬ。

「こは、かなわじ」

慌てた五郎丸は、五郎にしがみついたままで叫んだ。

「敵を捕まえたり。ものども、逃すな！　出合え、出合え！」

すぐさま、わらわらと四、五人の勇士が飛びかかり、五郎の腕や足に取りつく。

「ええい、うるさい！」

と、五郎は凄まじい勢いで次々に蹴倒し、投げ飛ばす。そのまま庭に躍り出んと身構えたが、この時、ついに五郎の運が尽きた。足を踏ん張って暴れたために、床板が音を立てて外れ、そのまま地面に転げ落ちたのである。

もんどりうって倒れた五郎の上に、「それ、逃がすな」と、大勢の者どもがのしかかる。五郎の全身、手をおさえ髪をつかみ、組み付きすがり付き、折り重なって組みしき、三重四重に縄をかけ、ぎりぎりと縛り上げてしまった。

……この時、将軍頼朝《よりとも》はただならぬ騒ぎを聞きつけて
「何事が起こったか」

と近くの者に尋ねた。

「夜討ちでございます。曽我の冠者どもを取り押さえました。十郎は討たれ、五郎はただ今からめとりました」

「狼藉者が。その若造、お前に預けるぞ」

無惨にも捕縛された五郎は、そのまま馬小屋の柱に縛り付けられて朝を待つことになった。

日はまだ昇らない。墨を流したような夜であった。

その身を柱に縛られてたった一人。外ではまだ、五月に似合わぬ冷たい雨――。

この時の様子、吾妻鏡には「曽我五郎を搦《から》め得たり。よって大見小平次に召し預けらる。その後静謐《せいひつ》す」とある。阿修羅の激しさで暴れた狼藉者が、とたんに神妙に大人しくなったと――。

山抜く力も今は影を潜め、ただ無言のうちに待つ。かねて死を覚悟している身には、今さら何を騒

ぐこともないが――五郎はこの時、何を思ったか。推し測るに哀れである。半身とも頼んだ兄は先に果て、自分はこの世にただ一人残されている。戦いの中では気がまぎれたが、この静けさの中では、孤独が身に染みてやまない。……長い夜。暗い重たい夜。この夜が明ける時など、永遠に来ないのではあるまいか。

全世界を失ったような心地で、五郎はひたすらに朝を待っていた。

明けて、五月二十九日。白々と日が昇り、かくも降りしきった雨はようやく止んだ。将軍頼朝は五郎を庭先に召し出せと命じる。

「五郎冠者を尋問する。引いて参れ」

すぐに、縄でぎりぎりと縛られた五郎が大庭へ連れてこられる。雨と血に濡れ、乱髪、昨夜の悪鬼のごとき姿のままだった。これを見た伊東の血筋の者は

「何と酷いことだ」

と声を上げた。

「どうして武士の身分の者に、縄をお付けになる。この者は山賊でも海賊でもありませんぞ。縄など付けずとも、決して逃げたりはいたしますまい！　なぜ無用に侮辱をお与えになる！」

親戚の者と知って、五郎はちらと笑った。

「誰一人、一言の情けもかけぬ中で、御身の親切はうれしい。だが余計なことはなさるな。一味の者と疑われてもつまらんぞ。それより、この縄を善の縄とお思いにならぬか。長年狙い続けて、ついに親の仇を討ったためについた縄だ。まったく恥とは思わぬ」

将軍が御前に座す。その腹立ち、御色の悪さは尋常一様のものではない。それも道理。この富士の巻き狩りは、念願の征夷大将軍の位に就いた頼朝が、己の権威を世に知らしめ、幕府の王権を誇示するための、一生一大の大舞台。

その晴れの場に泥を塗り、その張本人が、かねて恨みを含んでいた伊東祐親の孫であったというのだから――その首を打ち落とし、さらし者にしても飽き足らない。

「不敵な無法者よ」

と、憎悪の籠るまなざしで五郎の顔を打ち眺めて、

「これが曽我の五郎冠者か」

と、吐き捨てるように尋ねた。

しかし、五郎はそんな頼朝の怒りなど一顧だにしなかった。キッとまなじり裂いて

「それがしが曽我五郎時宗」

答えるや、縛られたままで立ち上がった。日本中の武士を一手に握る棟梁の前。それでも顔を上げて、強情な態度を崩さなかった。将軍の怒りに、かえって喜びさえ増して、烈々と一道の殺気を眼に

燃やして睨みつけた。

　型どおりに、将軍の前に控えている取次の者が
「申し上げることあれば、急ぎ申せ」

と言う。すると五郎はこの言葉に噛みついて怒鳴った。

「やかましい、そこを退《の》け！　貴様と話すのではない。鎌倉殿に直に申し上げるのだ。それともわたしのことを、鎌倉殿に口をきけぬほど卑しい身分だとでもいうつもりか。この五郎時宗は家柄人に劣らず、どこへ参上しようが構わんのだ。貴様がそこにいると気分が悪い。どかぬか！」

　その剣幕に取次が退くと、

「今は気がかりがない」

と、五郎はからからと高笑いした。そして再び将軍の顔を見据えてドッカリと座り込み、肩そびやかして尋問を待った。

　少しも悪びれぬ、その態度。その不敵な面魂に、頼朝は「ほう」と少し眉を上げて五郎の顔を見返した。

「五郎よ。こたびの騒動、長年考えていたことか。それとも急に思い立ったことであるか」

　頼朝が尋ねると、五郎は
「随分お考えの浅いことをおっしゃいますな」

と、敵意みなぎる顔に笑みさえ浮かべて、

「兄の十郎が最期に、鎌倉殿に語れとわたしに言った。だから詳しく申し上げよう。――今さら申し上げることのほどでもないが、そもそも伊東五箇荘は、祖父祐親が継ぐが当然であったにかかわらず、工藤祐経はそれを不服として、我らが父河津三郎を遠矢にかけて討ち申した。

……以来、実に長い年月思い続けて参りました。兄十郎が九つ、わたしが七つの時に決意を固め、それから一日たりとも忘れたことなどない。鎌倉殿は伊東五箇荘をその祐経めに与えてしまったが、上に立つ者でありながら、まったく道理をわきまえぬことですな」

かく、居直って高らかに申し上げる。顔を振り上げ、将軍の怒りも機嫌も少しもはばからず、さらに続ける。

「長年、どれほど機会を狙い続けてきたか分からぬ。昼は隙を狙い、夜は宿を見張り……。その甲斐あって、このたび思い通りに願いを果たしました。

ただ一つ無念なのは、祐経が見苦しく酔いつぶれて寝てしまっていたため、不甲斐なく抵抗一つせずに討たれてしまったことです。言葉を交わし、太刀を交わして、潔く刺してやろうと思っていたのに、あれほど簡単に死んでしまうとは残念なことよ。しかし、こうして本意を遂げた上は、この首を千に切られても、まったく恨みは致しませぬ」

頼朝は始め、自分の膝元で寵臣を殺害した罪人を憎々しい奴と思い、長々と話を聞くつもりなどなかった。しかし、五郎の遠慮のない言葉を聞きながら、だんだん小気味よい奴と感じ始めて、さらに尋ねた。

「なるほど、祐経は討たれても仕方のない敵であったのだから責めはせぬ。だが五郎よ。さりながら、仇討ちが望みならば、祐経が館を襲い、あるいは道にて待ち受けて討つが当然。ことさら我が陣中を騒がしたは何ゆえか。この仔細《しさい》は何と！」

「仰せまでもなく、この数年の間あらゆる場所で祐経を付け狙っておりました。しかし、祐経は少ない時にも四十騎、多い時で二百騎を連れている。対して我々は兄弟二人。討ち損じては臍《ほぞ》を噛むと考え、時期を狙っておりました。

幸いにして、このたび巻き狩りの御催し。おそらくは祐経、将軍の御威光を笠に着て油断するは必定。これこそ天の助けと忍び入り、首討たれるは覚悟の上で推参《すいさん》仕ったのです。望みさえ果たした上は、我ら兄弟、鎌倉殿よりいかなるとがめを受けようと、いささかも恐れるものではございません」

言って、ものすごく微笑してみせる。頼朝は「なるほど」と頷いて、

「では仇を果たした後で、なぜ罪もない大勢の侍どもを傷つけたか」

「そう、そのことです」

と、五郎は楽しげに言った。唇をなめて、嘲笑いつつ申し上げる。

「されば、この将軍の陣内で、これほどの謀反を起こす限りは、千万の侍どもを一人残らず叩き斬っ

てやろうと思い定めておりました。しかしどれもこれも卑怯者で、まともに斬り合いもせぬ。潔く振舞って向かってきた者など、少ししかおりませんでした。手強く立ち向かってきた者だけは命を取り、逃げ出す者はわざわざ追って殺すには及ばず、わずかに肩先を切ってやっただけです。まったく将軍は、こんな臆病者ばかり召し抱えていらっしゃるとは、この先、何事につけても危なっかしいものですな」

その言葉を確かめるために、斬られた者どもを確かめたが、皆後ろばかり切られていて、正面に傷を負っている者は斬り殺された者だけだった。頼朝は五郎の言葉の正しさに頷いて、さらに続ける。

「では五郎よ、五郎丸に捕らえられたのはなぜか」

「ああ、あれは女に化けており、後ろから召し取られました。五郎丸と分かっていたら、一太刀浴びせかけたものを。これは運が尽きていたのだから、今さら後悔しても無駄なことです」

「お前らは兄弟だけで企てたのか。親しい者にも打ち明けたことはないのか。正直に申せ」

聞いて、五郎はからからと笑った。

「こんな貧乏人に、どこに味方する者があろうか。尾羽打ち枯らした我々に、頼る者など一人もない。母を同じくする兄の、京の小次郎に語りましたなれど、鎌倉殿に恐れをなして断られました。

――このように、血を分けた者すら恥知らずにも味方をせぬ。何事も、鎌倉殿の歓心を買って、我が身の安全を図ろうとする者ばかりだ。情けも義も知らぬ、人の形をした獣ばかりがのさばる世の中です。御賢察のほど願わしゅう存ずる」

五郎の言葉はよどむことがない。刃物で斬りこむような皮肉に、さしもの頼朝もぐっと顎を引く。

「母親には知らせたか」

「また、あきれたことをおっしゃる！」

五郎は嘲笑って、大声で言った。

「ご立派な大将軍のお言葉とは、とても思えませぬな！　謀反を起こして死にに行こうとする子供を、引き留めぬ母があろうか。けだものでも魚でも、親の情は深い。ましてや人間の母親が、死のうとする子供を許すものか。こんなものの道理を、鎌倉ではいちいち口に出さねば通じぬのか」

五郎の言葉は、いよいよ火を噴くようだった。我ら兄弟はみじめな罪人などではない。ここにいる全員に、自分たちの名誉ある行動を教えてやろうと思っていた。

頼朝はついに核心を突く。

「なぜ、我が宿舎に入ったか。そもそもこの頼朝に恨みを持っていたか」

五郎はその言葉が終わらぬうちに遮って

「無論、恨んでおりますとも」

と、斬りこむように――

「身に大望がある時は、この身が千金よりも惜しまれ、木や草の影さえ恐れて心にあることを述べることもできなかったが――、今は天魔鬼神すらも気にかからぬ。ましてや生きる人間など少しも恐ろしくはない。

聞きたまえ！　千万人の侍よりも、将軍一人をこそ討ち果たすことが望みであった。兄祐成も、鎌倉殿へ見参に入れよと最期に言った。さればこそ御陣屋へ斬り込んだのだ！」

「恨んでいたとな。それは何ゆえか」

「それこそ自業自得というものでございますな。その故を聞きたまえ。祖父、伊東祐親を死に追いやり、我が一門を滅ぼし、仇の祐経を寵臣として召し使っておられた。我らが領地も絶えさせられ、恨みに思わぬ道理があろうか。将軍こそ先祖の仇、我ら兄弟の仇。将軍を弑《しい》し奉って名を後代に留め、閻魔《えんま》王の前で、日本の大将軍鎌倉殿を手にかけたと申し上げるのも、ずいぶん愉快なことだろうと思ったが、五郎の冥加《みょうが》尽きて、このように召し取られたのです。こうなった上は、今さら何を悔やもうが、後悔しようが、何の得にもならぬ。ただ一時も早く首をはねたまえ！」

――瞬間、裁きの場は凍り付き、居合わす人々は皆顔見合わせて、色を失った。

将軍を殺すつもりだったという、この言葉。我が国に仇討ち事件は多く、幕府をも巻き込む大騒動となった例も少なくない。が、しかし、時の将軍に面と向かって「貴様を殺すつもりだった」と言い切ったのは、後にも先にも、この曽我五郎時宗ただ一人である。

――死を前にした曽我五郎は、何も恐れはしなかった。兄弟が工藤祐経を親の敵と憎んでいたことは言うまでもないが、彼らは同じ強さで、将軍源頼朝をも恨み憎んでいた。何一つ罪を犯したわけでもない彼らが謀反人として卑しめられ、あまつさえ幾度も命を狙われたのは、これすべて頼朝のため。

――そうだ、兄者人が生涯宮仕を許されず、所領の一つも持てないまま、貧しさに苦労し続けたのは、この男の恨みのせいだ。ああ、兄者人は自分一人でも苦しいのに、この五郎に不自由させまいと、いつも骨折って下された。死ぬ前にこの恨みを語らずにおくものか。心して聞け――！　と、五郎は頭を振り上げて将軍を真正面から睨み据えていた。

天をも地をも恐れぬ、謀反人の告白。しかし、これを聞いた頼朝は

「おお――」

と、思わず感嘆した。自分を殺しに来た若造を相手に、頼朝は不思議な感動に襲われていた。死を恐れぬ者への尊敬、真実のみを語る者への尊敬である。

頼朝は声を震わせ、涙を流して、満座の武士たちを見回して言った。

「皆々、聞きたまえ。これぞ男の手本だ。武士の鑑だ。これほどの男は、二度と現れようとは思えぬ。どれほど高貴な身分で、勇猛な男でも、召し取られて命が危なくなると、こびへつらうことがあるものだ。だがこの男には、未練がましさも、見苦しさも一点もない。ああ、臆病な侍を千人持つより、この男一人を召し使いたい……。殺すのはあまりに惜しい。助けたい……！」

恋人を奪われ、子を殺されて以来、伊東に復讐を誓った頼朝。子々孫々に至るまで血筋を絶やさん

と、執念を燃やし続けた頼朝。しかし、五郎の堂々たる申し開きによって、ついに頼朝は長い恨みを捨てたのだった。

曽我兄弟が真実、源頼朝の殺害を企てていたのか？　これについては、昔から意見が割れ、様々な説が立てられている。当事者である曽我五郎が明言しているからには、殺害を意図していたのだとも言うし、いや、それまで兄弟が頼朝を狙っていた形跡はなく、十郎祐成も「見参に入れよ」と述べただけである。祖先の恨み、兄弟の恨みを直接申し上げるに留めたに過ぎない、とも言われている。

いずれにせよ、現在残された史料はあまりに少なく、五郎の真意を突き止めることは不可能であろう。

ただ一つだけ――明確に分かっていることは、十郎と五郎の「死なば一所に」と誓った、心の真実である。曽我物語にはこの後、頼朝が「助けてやりたい」としきりに気をもんだにもかかわらず、五郎はひたすらに死を望んでやまなかった――と記される。

そのあらすじは、以下の通りである。

事件の詳細を細々と問うた頼朝は、最後に兄十郎の最期について言及した。

「五郎よ、そなたの兄はまことに討たれたか」

尋ねられて、それまで声高に思うさま述べていた五郎が、ここで初めて言葉に詰まった。視線を地に落とし、しばらくは何も言わなかった。——やがて、ようよう聞こえるほどのか細い声で呟く。

「新田四郎にお尋ねになるがよろしい。黒鞘《くろさや》巻きに赤銅づくりの太刀。群千鳥《むらちどり》の直垂《ひたたれ》なれば、兄に間違いない……」

「さらば、首実検せん」

裁きの習いで首実検が行われることになり、五郎の前に十郎の血に染まった衣装が運ばれてきた。

「どうだ、間違いなく曽我十郎祐成であるか」

十郎が最期に着ていた群千鳥の直垂、黒鞘巻きの赤銅づくりの太刀。赤黒く血に汚れた衣装が開かれた時、五郎は思わず「ああ……！」と声を漏らした。

そこに包まれていたのは、忘れようはずもない白い顔。昨夜、死骸に駆け寄った時、すでに失われていた首であった。

その顔、生ける時と少しも変わらぬ。今しも目を開き、我が名を呼びそうな——。

とたん、五郎はがっくりと頭を垂れ、呻き声を上げて泣き出した。その時の有様、

「兄がくびを一目みて、きもたましゐをうしなひ（略）なをもこぼるる涙をば、ひざに顔をもたせつつ、たださめざめとこそなきゐたれ」と、曽我物語は語る。傲然と頭を上げていた強情者が、まるで別人のように——。

「なぜ先に逝く、兄者人。なぜわたしを置いて……。我らほど固く誓い合った兄弟はあるまいに――」

縛られたまま、しゃくり上げ、しゃくり上げ、声を絞るようにして言う。

「死なば一所にとあれほど約束しながら、兄者人は先に死に、五郎一人が心ならずも生きている――。兄者……兄者人、死出の山にて待ちたまえ。急ぎ追い付き、手に手を取って三途の川を渡り、閻魔王の宮殿へももろともに……」

血に染まった衣装をかき寄せ、その首を抱きたかったが、縛られてそれも叶わぬ。ただ子供のように身を丸くし、満座の武士たちが見る前で、五郎は恥をかき捨てて泣きむせぶのだった。

その場には、兄弟を長年見守ってきた畠山重忠、和田義盛もいた。兄弟の深い情愛を知る二人は、五郎の悲しみに涙を抑えることができなかった。

……そもそも曽我兄弟は、十三で武士となった十郎は復讐から逃れられない運命にあったが、寺に入れられた五郎はそうではない。仇討ちは兄が果たし、弟はその菩提を弔うという選択肢もあったはずだった。

だが、彼は平穏も長寿も自ら捨て去った。身も命もふり捨てて山を下り、兄と生きる短命を取る。

その故は、ただこの一語の中にある。共に屍をさらし、死なば一所にて……。

五郎の悲嘆のあまりの深さに、将軍頼朝公もしばし言葉に詰まった。

「この男は殺すに惜しい……命を救ってやれまいか――」

頼朝は、今やその勇を愛して、その罪を許さんと思っていた。だが、周囲がそれを押し留める。

「ここに、祐経の遺児犬房《いぬぼう》がおります。五郎冠者を今助ければ、犬房が成人した折、彼は五郎を狙うでしょう。収拾のつかぬ事態となります」

「五郎を召し使えば、今後仇討ちをしたものはお気に入りになると、狼藉が絶えぬことになりますぞ」

その通りであると、頼朝も五郎を惜しみつつ納得する。兄弟の仇討ちは止むを得ぬ事情だったとはいえ、掟を破ったことに変わりはない。ここに、五郎は首を斬られることに定まったのだった。

やがて、頼朝は途切れがちに語りかける。

「五郎よ、そなたの申すことは、すべてもっともである。死罪を許して召し使ってやりたい……。だが、仇討ちを許すわけにいかず、斬首とする。お前の母親については慈悲をかけるによって、決して頼朝を恨むな」

頼朝がそう声をかけると、五郎は再び顔を上げて頼朝を見た。その顔にはいささかの未練もなかったという。

「もとより、死は覚悟の上。この首を千に斬られようとも、いささかも恨みはしません。お慈悲はありがたく思いますが、家を出た時より、母のことはきっぱりと思い切っております。

今は、このように一瞬でも長く生かされていることこそ恨めしい。わたしと兄十郎とは、朝晩に死なば一所にてと誓い合った仲。今、片時たりとも離れていることは辛い。兄者人が五郎を待っている。

早く首を斬りたまえ！」

　頼朝は最後に五郎の縄を解かせてやった。見上げれば、昨夜の雷雨は嘘のように、五月晴れの青空に真白の富士の姿がくっきりと――。

「この日本一の名山のもと、屍をさらすは後の世までの語り草。冥途の兄者人、父上への良い土産となろう」

　五郎は四方をきっと見渡し、どっかと敷皮《しきがわ》の上に腰を下ろした。いよいよ首斬り役を仰せつかった御家人が刀を抜いて後ろに回ると、

「ほう、貴様のような腰抜け武士に、この五郎の首が斬れるか。この通り、大勢の見物人。斬り損じて笑いものになるなよ。万一、斬り損ねでもしたら許さぬぞ。悪霊となって呪い殺してくれるからそう思え」

　こう言い残して、からからと高笑いしながら首を斬られたという。

　享年二十歳。曽我五郎時宗は、死なば一所にと誓った兄に一日遅れて世を去った。身は富士の裾野にさらすとも、名は名山の峰よりも高く――。

　死に遅れた最後の一日は、五郎にとって堪え難いほどの苦しみの一日であったに違いないが、彼の最期の証言と、将軍頼朝に与えた感動がなかったら、この世に曽我物語は残らなかったかもしれない。

かくして、富士の裾野三日三夜《さんじつさんや》にわたる大巻き狩りの最終の日に、曽我事件は起こり、兄弟二人の英魂は散った。

二人の首が曽我へ送り届けられると、母満江《まんこう》は「十郎や……五郎や！」とひたすら叫び、狂ったように嘆き悲しんだと伝えられる。

家中の者が涙の内に兄弟を荼毘《だび》に付すと、母はその骨を抱いて、十郎の貧しい家へ行き、そこに積んである十郎の書物、五郎の経文など、むなしい形見の品々に触れては、また涙を新たにした。

――兄弟の遺骨の行方はいかにと問えば、「曽我の屋敷へ送られ、兄弟が常に愛した花園に埋葬した」と伝えられる。この「花園」とは、二人が睦まじく暮らした十郎の家の庭であるとも、幼い一萬《いちまん》と箱王《はこおう》が遊び戯れた山の一角であるとも言われる。今となっては確かなことは分からないが、兄弟が生前繰り返し願ったように、二人同じ場所に、同じ墓に埋葬されたことは確かである。

将軍頼朝公は兄弟を惜しむのあまり、曽我荘の年貢をすべて免除し、祐成兄弟の菩提を弔うよう、義父曽我太郎祐信《すけのぶ》に命じた。

「これひとへに彼等が勇敢の怠りなきを感ぜしめたまふによつてなり」

と、吾妻鏡には記されている。

これによって建てられた寺院こそ、曽我兄弟の菩提寺、現在の城前寺《じょうぜんじ》なのである。

――我が国に仇討ち事件は多いが、「曽我事件」ほど印象深く、人々を驚かせ感動させた事件はまたとない。

一体、曽我事件の何が特別であったのか？　これは古来幾度も論じられた問いで、「十八年という長い歳月をかけて、執念を燃やし続けたから」「頼朝に滅ぼされた側の人間の、一種のクーデターであったから」と、様々な理由が挙げられる。おそらく、そのすべてが人々を魅了する一因なのであろうが――おそらくは、ここにもう一つの理由があると思われる。

彼らが繰り返し繰り返し誓った、「二人で死ぬ」ことである。

――曽我兄弟は源平合戦という大きな歴史の移り変わりの中で、完全に敗者の側の人間であった。何も分からない八歳と六歳で謀反人の烙印を押され、未来をすべて奪われてしまった。

何の希望もない人生で兄弟二人が見た夢は、「二人で仇討ちを果たし、二人で死ぬこと」だったのである。

彼らの仇討ちは、ただ仇を討つだけでは意味がなかった。二人で果たし、二人で死ななければ「恨みを残す」とさえ語る。それゆえに、兄弟は一人でいる時は、仇を目の前にしながら、あえて見逃すことさえする。十郎は十三で元服し、太刀も弓も持っていたにもかかわらず、弟が箱根にいる六年間の間、仇討ちの計画を一切進めていない。そして弟が戻って来るや、命を取り戻した者のように喜び、

「お前を思わない日はなかった。この兄に力を貸してくれ。お前がいなければ、わたしはきっと病んで死んでしまう」

と泣くのである。

よく、深い絆で結ばれた武士同士が共に戦場に散る様を、「情死にも見まごう」と例えられるが、曽我兄弟の散り様もまた、その見事な一例であろう。

同じ仇を討ち果たし、同じ時、同じ場所で死ぬ。それは契り深い者同志、余人には計り知れない究極の夢、究極の陶酔であったに違いない。そして、その輝きこそが、今なお人々を魅了してならないのである。

## 閑話休題

### 髭切《ひげきり》、膝丸《ひざまる》について

おそらく我が国ほど刀剣が発達した国はなく、また妖刀、神刀の類が生き生きと活躍する国もまたとあるまい。

日本刀という刀が、世界に類を見ないほど性能が良いのは、ここに改めてお話しするまでもない。大変頑丈で長持ちするので、「先祖重代の刀」とか「家の宝刀」とか言われて大事にチヤホヤされているうち、生き物みたいに生命（?）を持って、性格まで有するように……。

そのため、全国津々浦々に色々な伝説がある。刀のくせに勝手に動き回ったり（どうやって歩くのだろう）、ご主人の夢枕に立ってペラペラしゃべりまくったり、刃こぼれするとピカッと謎のパワーを発揮して発光、自力で治るなど。

例えば、修学旅行でおなじみの日光には「ねね切り丸」という刀がある。御神刀なのでえらく長い。何と二メートル！

この刀、神様に捧げられた刀なので、別に持ち主がいたわけではないし、実戦で使われたわけでもないのだが……。おそらくは神様のご利益があったのだろう。すこぶる妖怪を憎み、神社を守護する心ざし深い。

ある晩、この神社の前に「ねね」という妖怪が出現！　なぜ「ねね」などという名前かというと――「ねね、ねね」とヘンな鳴き声の妖怪だったからという、実に安易な理由。

すると！　この刀、いきなりスポッと鞘から飛び出し、妖怪に向かって猛突進。神社の神主さんたちが「あれよ、あれよ」と騒いでる間に、バッサバッサと妖怪を薙ぎ払うと、ブルブルと血ぶるい。そのままヒョイヒョイと神社に戻ってきて、またスポッと鞘に自力で戻ったんだとか。

また別の刀ではこんなエピソードもある。

この刀、薬研藤四郎《やげんとうしろう》という、なんだか人名と間違えそうなややこしい刀。でも性格はいたってよろしい。ご主人が大好きで、名犬みたいによくなついている。

ある日ある時、このご主人が切腹を仰せつけられてしまった。泣きの涙で藤四郎を持ち、いざ切腹！　……が、なぜか切っ先が全然腹に刺さらない。「あれ？　おかしいな」と、ご主人は何度もトライ。でもちっとも刺さらないので、

「ええい、もう駄目だ！」

と、刀をポーンと放り出した。すると、ちょうど落ちたところにある鉄製の道具をスパッと切ってしまったんだとか。

つまり、こんなにキレ味の良い刀だけど、ご主人を絶対に斬ろうとしなかった、忠義の心厚い、いい刀だったのである。

さて、我らが曽我兄弟が所有する刀も、実はこういう「妖刀」の類に相当する。兄十郎の持つ刀は「微塵丸《みじんまる》」、弟は「膝丸《ひざまる》」という刀。

まずは五郎の持っていた「膝丸」についてお話ししよう。

さて、この膝丸。……何だか妙ちきりんな名前だが、その由来はけっこう古くて、とてもサラブレッドな歴史を持つ。

けっこう混み入った話なので、簡単に説明すると、あるスペシャルな刀鍛冶が素晴らしすぎる刀を二本製造。「同じ長さで二尺七寸（約八九センチ）。仲良しこよしで、この刀は兄弟だ！」と決めたのだった。

この兄弟の刀の持ち主になったのは、源氏の当時の棟梁。いたく気に入って家のお宝にすることに。ちょうど斬らなきゃならない罪人がいたので、この刀を使ってみると――。

兄の刀は、罪人の髭まで見事スパリ！　弟の刀は罪人の膝を二本ともスパリ！　よって、兄は「髭切《ひげきり》」、弟は「膝丸」と名付けられたのだった。斬られた罪人は気の毒だが……。

さてさて、こうして源氏のお宝に大出世した髭切、膝丸兄弟。しかし、こいつらは刀のくせに、実にうるさい連中だったらしく、記録によれば

「夜ともなれば、兄の髭切は獅子のような声で吠え、弟の膝丸は蛇が威嚇《いかく》する時のようなシュー

シューという音を立てた」

とのこと。こんなやかましい刀が二本もあったら、たまったものではないと思うが――、しかし、この二本はそれなりにラッキーアイテムだったらしい。こいつらを手に入れてからというもの、源氏はトントン拍子に出世。平家と肩を並べて、武家世界の二大勢力に。

――こういうめでたい刀だから、代々受け継がれているうちに、持ち主が新たな名前を付けたりする。「獅子みたいな声だから獅子丸にしよう！」とか、その後、鬼退治に使われたことから「鬼切《おにきり》にしよう」「友切《ともきり》にしよう！」などなど。

が！　皆さんご存知のように、平清盛の時代に源氏はボロ負けしてしまう。一族はほとんど壊滅するというヤバい事態に。

「ああ……。先祖代々受け継がれてる刀があったのになあ……」

と、源頼朝《よりとも》のお父さん、義朝《よしとも》がシクシク泣いていると、その晩、イキナリ八幡大菩薩が出現！　おごそかに申し伝えることには
「こんなことになったのは、刀のせいじゃないぞ。お前たちが好き勝手に刀の名前を変えるから、刀のパワーがなくなったのだ。元に戻せ」

というわけで、兄弟の名前は元の髭切、膝丸に戻ったのだ。名前が変わるとパワーがなくなるというのは、どうも意味不明なのだが――まあ、世の中には、刀にしか分からない深い事情があ

るのだろう。

……なかなか曽我五郎が出てこないのだが、もう少しお待ち下さい。

さて、色々あって、兄の髭切は頼朝の手に。弟の膝丸は頼朝の弟、義経《よしつね》の手に渡った。(注1) 兄弟の刀が、それぞれ源氏の兄弟の手に渡ったとは、何とも因縁めいたものを感じるが——この源氏の兄弟は、刀の兄弟のように仲良しじゃなかった。

兄頼朝が、義経を追討して滅ぼしたのである。実の兄に追われる身となった義経は、膝丸を抱えて泣く泣く箱根の寺へ上る。

「我が名刀、膝丸を箱根権現に捧げます。どうか——どうか、兄上がわたくしをお許しになるように……。再び、兄弟の仲が戻りますように!」

マジメな読者諸賢は、もうお分かりだろう。これが、曽我五郎時宗《ときむね》が源氏の名刀膝丸をゲットしたいきさつ。義経が箱根に膝丸を奉納したために、その後、五郎を可愛がっていた坊さんが、仇討ちに向かう途中で箱根に寄った五郎にプレゼントしてくれたのだ。

十郎の刀、微塵丸も同様。この箱根の坊さんがくれたものなのだが——この微塵丸にも源氏にまつわる悲劇のエピソードがある。

微塵丸はもともと、木曽義仲《よしなか》が愛用していた名刀であった。木曽義仲は頼朝にとって従兄弟の間柄だが、ある時、頼朝に一人息子を人質としてとられてしまう。その時、義仲は

「我が子義高《よしたか》が無事であるように……」

と祈願して、微塵丸を箱根神社に奉納したのだった。だが、頼朝はその後義仲を滅ぼし、わずか十二歳であった義高も殺害してしまう……。

曽我五郎が尋問を受けた時、膝丸と微塵丸が没収され、頼朝の手に渡されたことは、ここにグダグダと書くまでもない。

頼朝に殺された人々の思いを込めた二振りの名刀が、同時に頼朝のところへ姿を現す——。実に、因果というものを感じずにはいられない。頼朝は弟の名刀膝丸を一目見るなり、

「これは……!」

と、感に打たれて見入ったという。この時頼朝は、兄の死を嘆いて泣く五郎を見、我が弟の残した刀を見て、何を思ったことだろう。もしかしたら、名刀というものにはやはり魂があり、膝丸と微塵丸は、旧主の苦しみと涙を伝えるために、頼朝の元へ来たのかもしれない。

頼朝はその後、膝丸と微塵丸の両刀を箱根神社に再び奉納した。そのため、今も両刀はこの神社に納められている。刀身には傷跡や刃こぼれが生々しく残っており、曽我兄弟の戦いのいかに激しかったかを伝えている。

（注１）義経は膝丸の名を「薄緑丸」と変えた。そのため、現在箱根神社では「薄緑丸」として奉納されている。

（注２）頼朝の髭切は弘安八年（一二八五）、北条貞時が赤地の錦袋に入れて、頼朝の法華堂に奉納されたと言われている。

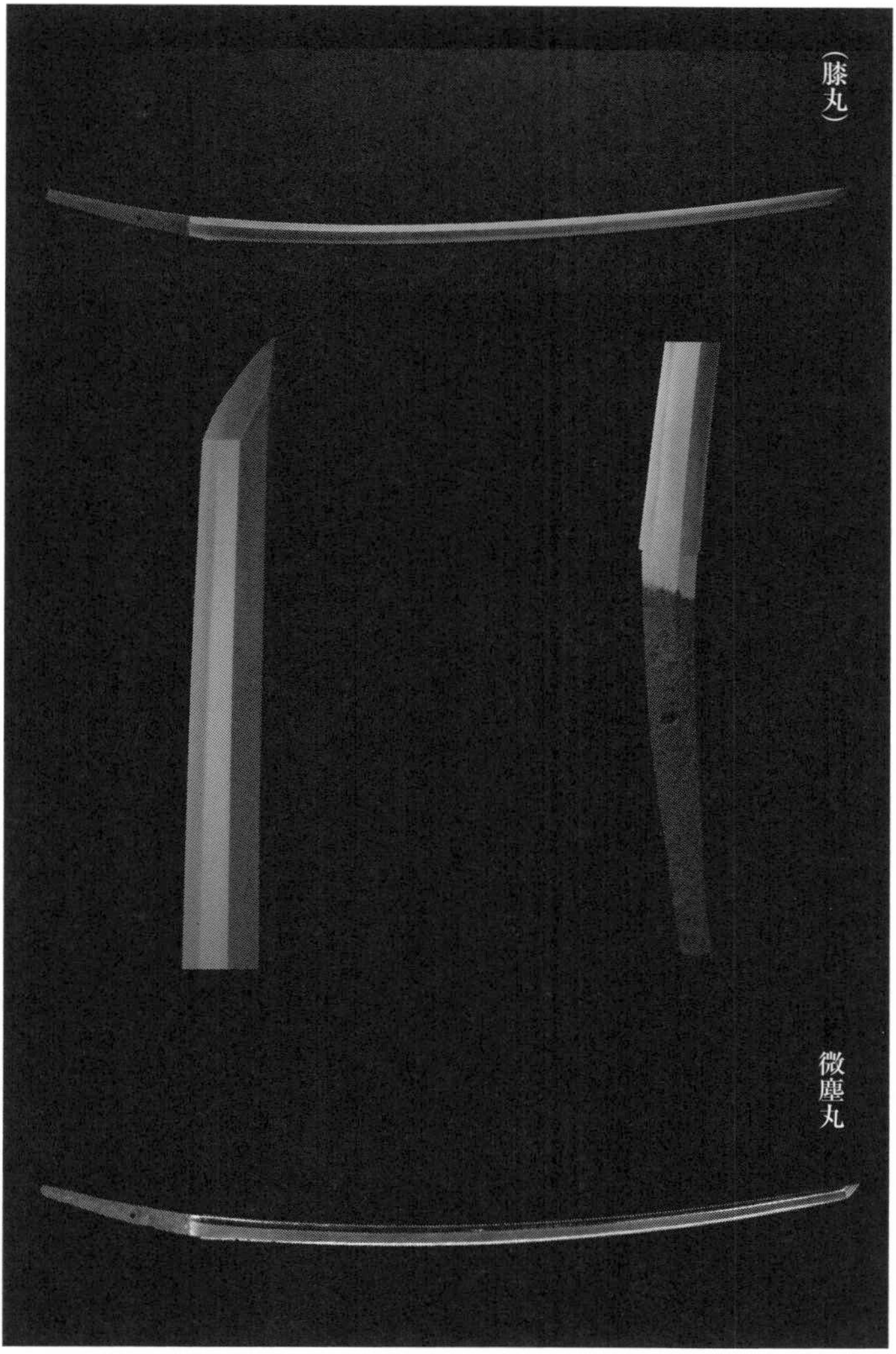


出典：神社新報コラム
刀剣は語る
「箱根の薄緑丸」
「曽我兄弟の微塵丸」

# あとがきにかえて

何年か前に、曽我の里を訪れたことがある。梅の里として名高い曽我は、畑だけでなく、民家の庭、神社仏閣の中にも白梅が咲き匂い、桃源郷を彷彿《ほうふつ》とさせる美しい山里であった。この梅はすべて十郎梅といい、曽我の人々が兄弟をしのんで、この名を付けたのだそうだ。土産物屋を覗いたら、「五郎十郎曽我の梅」という梅干しが売られていた。

鎌倉時代の武士たちは梅を大変愛したそうだ。兄弟の命乞いをした梶原源太《かじわらのげんた》は、平家と戦っている最中、箙《えびら》に梅の枝を差して槍をふるったという。

「きっとこの梅は、一萬《いちまん》と箱王《はこおう》がこのあたりを駆け回って遊んでいた時も、その頭上に咲いていたに違いない。梶原源太が戦場で手折った梅も、きっとこの白梅であったろう」

この梅の品種が八百年も前にあったとは思えないが、曽我はあえてそう思い込んで楽しみたくなる、時の止まったような土地だった。

わたしがこの地を訪れたのは、曽我の屋敷跡に建てられた城前寺《じょうぜんじ》に、兄弟の墓があるためだった。寺の住職さんは大変に気さくな方だったので、愛らしい一萬と箱王の銅像が建てられた墓の前で、詳しいお話をうかがってみた。

「昭和三年に発掘したところ、高さ二十二センチの素焼きの骨壺が出てきたんですよ。壺を調査したところ、鎌倉時代のものであることが分かりました。ここには、その骨壺を埋葬しております」

「なるほど。骨壺は一つでしたか？　それとも二つ？」

「一つですね。その中から歯が見つかって。明らかに青年のものだったので、多分これが曽我兄弟のものだろうと言われたんですよ」

「一つですか……」

それでは、兄弟の遺骨は一つの骨壺の中で、永遠に離れることなく眠っているのかもしれない……。夢のある話だけれども、壺には名が記してあったわけでもなく、しかも曽我は縄文弥生の頃から多くの人間が住んでいた歴史の古い土地。これが確実に兄弟の遺骨であるかは、永遠に闇の中だろう。

けれども、住職さんはその後に続けてこうおっしゃった。

「今、我々に伝わっているのは、曽我物語に書いてある二人の面影だけです。吾妻鏡《あづまかがみ》に書かれた兄弟の記録も、ほんの少ししかありません。そこに書かれていることだけが全部で、史実の姿は一つも分かりません。ですが、我々はそこから想像を膨らませて、兄弟の姿を思い描くことができるのですよ」

ニコニコと語る住職さんの言葉に、わたしはこの曽我の歴史、古典の原点を見た気がした。

それが真実の骨であるかは分からない。本当の墓であるかは分からない。その人の姿も詳しい人生も分からない……。けれども、語り継ぎ、思い描き、真心込めて手を合わせれば、それは本物の骨になり、本物の墓となり、物語となる。

大切なのは史跡の真贋を問うことではない。八百年の間、人々が曽我兄弟を忘れることなく、営々と語り継いできた深い愛情であり、波乱の生涯を生きた二人の霊が、今は永劫安住の地を得たと信じることである。

……墓を後にして、本堂の側に来た時、大きな岩がひっそりと置かれていた。住職さんにうかがってみると、これは「十郎の忍石」であるという。言い伝えによれば、十郎はこの岩に腰かけて笛を吹いていたのである。

城前寺は高台にある。岩の側に立って見れば、向こうに真っ白い富士の姿がくっきりと望まれる。

「この岩は最近、ここに移動したんです。前は違う場所にあったのですが」

と住職さんはおっしゃったが、眼前にそびえる富士を見れば、

「十郎はここに座っていたに違いない。ここに座って笛を吹きつつ、富士を見ていたに違いない。その側では、きっと五郎が耳を澄ませていたことだろう」

という気がしてくる。

そして目を転じれば、箱根の山々がすぐ目の前に。

ここ城前寺は曽我の屋敷跡なのだから、十郎の家もすぐそのあたりにあったに違いない。箱根から

逃げてきた箱王と十郎が再会を果たした場所は、ここか、あちらか。

寺を出る時に、住職さんは「ちょっと待っていて下さい」と言って、慌てて寺へ入り、七つの鈴を連ねた、古いお守りをわたしにくださった。

「これは見本品で、一つだけ寺に残っていたものです。お持ち帰り下さい」

鈴は土製で、振れば古の音色が響く。住職さんは他にも兄弟の旗や絵馬をくださって、

「昔はこうした品を売っていたものです。ですが、今は職人さんが高齢化してしまってね、もう製造していないんですよ。せっかくだからお持ち帰り下さい」

これらの品々を受け取って、

「ああ、少しずつ忘れられているのだな」

と、時代の移り変わりが否応なしに身に染みた。軽いはずの品々が嫌に重かった。毎年、白梅はその名をいただいた主を忘れず咲くけれども、令和の人々は、しのぶべき兄弟の記憶を消そうとしている。

この一点のみが心痛む出来事だったが、わたしはこの曽我の地で、確かに兄弟たちに会えた気がした。

——真贋が確かなものは一つもなく、兄弟の痕跡は何もない。けれども、確かに兄弟の気配を感じ、その足音さえも聞こえてくる。曽我とは、そうした古い息吹の通う土地であった。

「参考文献」

『新編　日本古典文学全集53・曾我物語』小学館　二〇〇二年
『日本古典文學大系88・曾我物語』市古貞次　大島建彦校注　岩波書店　昭和四十一（一九六六）年
『王堂本　曾我物語』穴山孝道校訂　岩波書店　一九四〇年
『城前寺本　曽我兄弟物語』立木望隆　曽我兄弟遺跡保存会　昭和五十六（一九八一）年
『日本史蹟曽我兄弟』熊田宗次郎　松本商會出版部　大正五（一九一六）年
『富士裾野曾我兄弟』鬼王龍城　湯淺春江堂　明治四十四（一九一一）年
『家庭教育歴史讀本　第一編』小中村義象　落合直文　博文館　明治二十四（一八九一）年
『曽我兄弟』中村敬次郎　小田原文庫　昭和五十四（一九七九）年
『新詩　曽我兄弟の歌』天外山人　秀美堂　明治四十四（一九一一）年
『源平の盛衰　日本歴史シリーズ5』世界文化社　昭和四十一（一九六六）年
『鎌倉武士　日本歴史シリーズ6』世界文化社　昭和四十一（一九六六）年
『日本生活文化史』河出書房新社　昭和六十（一九八五）年
『民衆讀本　第七巻　曾我兄弟の話』村上直治　村上後楽社　昭和二（一九二七）年

『少年講談　曾我兄弟』大日本雄辯會講談社　昭和十二（一九三七）年
『子供が良くなる講談社の繪本　曽我兄弟』大倉桃郎　布施長春絵　大日本雄辯會講談社
昭和十一（一九三六）年
『平家物語　全訳注』杉本圭三郎　講談社　一九八八年
『相模のもののふたち——中世史を歩く』永井路子　有隣堂　二〇二一年
『日本服飾史』北村哲郎　衣生活研究会　昭和五十九（一九八四）年
『武士の日本史』髙橋昌明　岩波書店　二〇一八年
『幸四郎と観る歌舞伎』小野幸恵　アルテスパブリッシング　二〇一二年
『そろそろ、歌舞伎入門。』ペン編集部　CCCメディアハウス　二〇一七年
『一冊でわかる歌舞伎名作ガイド50選』鎌倉恵子　成美堂出版　二〇一二年
『知っておきたい日本の古典芸能　歌舞伎』瀧口雅仁　丸善出版　二〇一九年
『新潮日本古典集成　近松門左衛門集』信多純一　新潮社　一九八六年

曽我兄弟遺跡保存会の方々、小田原市文化財課の佐々木氏、城前寺の住職さんには、並々ならぬご支援、ご教授をいただきました。ここに厚く御礼申し上げます。

著者プロフィール
坂口螢火（さかぐち・けいか）

東京都大田区出身。駒澤大学歴史学科卒業後、小学校教員になる。児童及び教員の歴史離れの深刻さを目の当たりにして、歴史ものの執筆活動を始める。主な著書に「忠臣蔵より熱を込めて」（つむぎ書房）がある。「神話ログ」「古典ログ」などのブログも運営中。

# 曽我兄弟《そがきょうだい》より熱《ねつ》を込《こ》めて

2023年1月26日　第1刷発行

著　者　　坂口螢火
発行人　　久保田貴幸

発行元　　株式会社 幻冬舎メディアコンサルティング
〒151-0051　東京都渋谷区千駄ヶ谷4-9-7
電話　03-5411-6440（編集）

発売元　　株式会社 幻冬舎
〒151-0051　東京都渋谷区千駄ヶ谷4-9-7
電話　03-5411-6222（営業）

印刷・製本　中央精版印刷株式会社
装　丁　　秋庭祐貴


ISBN 978-4-344-94382-7 C0093
幻冬舎メディアコンサルティングＨＰ
https://www.gentosha-mc.com/